장희창의

고전
다시
읽기

장희창의

고 전

다 시

읽 기

마음속
따뜻한 불씨는
고전의 원천

고전은 시류에 흔들리지 않고 시대를 투시했던 대가들의 정신을 온전히 담고 있다. 그 출렁거리는 에너지의 흐름을 따라가다 보면 그들이 절로 다가온다. 인생의 대가들이 우리 앞에 앉은 채로 선 채로 혹은 걸어가며 다정하게 툭툭 말을 던진다.

공자가 말을 건넨다. "배우고 때때로 실천하면 기쁘지 아니한가." 알고 보니 <논어>의 가르침은 참으로 현대적이고 소박하다. 괴테는 말한다. "사랑하는 사람은 길을 잃지 않는다." 인간에 대한 도도한 믿음이다. 장자도 멋있게 한마디 던진다. "타자와 더불어 봄을 이룬다." 인간에 대한 절절한 그리움이다. 깨달음과 믿음과 그리움은 곧 고전의 알맹이다.

고전을 읽고 대가들의 건강한 정신과 마주하는 건 또한 우리 시대가 처한 고통의 뿌리를 진단하는 것이기도 하다. 그런 만큼 오늘 우리의 현실에 대한 치열한 대결의식 없이는 고전 작품의 영혼을 만날 수 없다. 겹겹이 쌓인 오만과 편견 때문에 때로는 너와 나를 식별하기조차 힘들다. 내 마음속의 물신주의도 냉철하게 응시하지 않으면 안 된다. 아는 만큼 보이며 실천하는 만큼 바뀐다.

고전이 우리에게 의미 있게 다가오는 것은 혼미한 역사의 부침 속에서도 정상적인 사회라면 결코 넘지 말아야 할 가이드라인을 보여주기 때문이다. 이는 당대 최고의 지성과 감성을 갖춘 대작가의 통찰력에 포착된 인간 사회의 진실이다. 고전의 부활, 대가의 귀환은 이 진실을 다시금 확인하는 일이다.

가진 자가 더 가지려는 광기가 온 사회를 난장판으로 만들고 거짓과 폭력이 난무하는 오늘의 현실. 그러므로 우리 시대 인문학의 과제는 타자에 대한 배려와 자연 앞에서의 겸손을 배우는 것이다. 불도저의 마음, 기계의 마음을 버리고 우리 안의 자연을 되찾음이고, 독선과 지배가 아닌 연대와 공생의 원리를 지금 이 자리에서 실천함이다.

마음속 따뜻한 불씨는 인문학의 원천이다. 착하게 살아보려고 노력하는 모든 인간들의 모습은 아름답다. 손을 맞잡을 때 우주의 중심에 가닿는 듯한 그 느낌. 공자는 이렇게 말한다.

"그리워하지 않는 것일 테지 무엇이 멀리 있단 말인가?"

그리움이 있기에 우리는 인간인 것이다.

고전은 생생하게 살아 있는 역사의 현장이기도 하다. 차분한 마음으로 읽다 보면 어느새 작가가 다가온다. 그 정신이 스며든다. 자아의 좁은 울타리를 벗어난 드넓은 세계, 자유와 평등과 온정이 넘치는 세상을 향한 그들의 절절한 그리움이 전해져온다. 뜨거움 앞에서 나태함은 저절로 물러난다. 책을 읽기 전과 읽은 후에 아무 변화가 없다면 왜 책을 읽는 것인가?

열려 있는 해석과 실천의 공간에서 우리는 자유롭게 걷고 뛰고 춤춘다. 삶의 역동적 전환은 피어나기를 기다리는 생명의 씨앗과도 같은 것으로, 고전은 그런 전환과 비약의 순간을 생생하게 포착한다. 고정관념의 더께를 박차고 신화를 해체하는 정신의 꿈틀거림을 따라가는 것은 곧 세상 변화를 바라는 자의 독법(讀法)이다.

지난 일 년 동안 부산일보에 매주 게재했던 서평들을 묶어 이제 한 권의 책으로 내보낸다. 홀가분하다. 독서는 낯선 곳으로의 여행이며 또한 나를 찾아가는 여행이 아니던가. 돌이켜보면 고전을 읽고 정리하는 것은 곧 나를 새롭게 보고 다시 세우며 다짐하는 일이었다. 현실과의 고통스러운 대결이기도 했다. 독자들과 공감의 기회를 나눌 수 있어서 그저 고마울 따름이다.

2016년 11월 동네 어떤 카페에서

8

10

1부.
조건 없는
사랑만이
인간구원의 길

셰익스피어
〈리어왕〉

장희창의 고전 다시 읽기

셰익스피어
'리어왕'

견제받지 않는
권력의 처참한 말로

팔순이 넘은 리어왕은 노후의 평안을 위해 권력을 물려주려고 한다. 세 딸을 모아 놓고 왕국을 나누어줄 테니 자신을 어느 정도로 사랑하느냐고 묻는다. 첫째와 둘째, 고너릴과 리간은 전하의 사랑 속에서만 자신들이 행복하다며 미사여구를 늘어놓는다. 공자가 말하듯 교묘한 말과 꾸미는 낯빛, 즉 교언영색(巧言令色)에는 인(仁)이 드물다.

그러나 막내딸 코델리아는 리어왕의 물음에 '할 말 없습니다'라고 무뚝뚝하게 대답한다. 권력과 재산의 분배를 목전에 두고 사랑을 실토하라니, 순결한 마음의 코델리아는 그렇게 말할 수밖에 없었다.

덧붙여 언니들처럼 아버님만 사랑하는 일도 없을 것이며, 나중에 남편을 얻게 되면 아버님을 사랑하는 것처럼 그분을 사랑하게 될 거라고 당당하게 말한다. 가부장 권력과 왕권으로부터의 당당한 해방 선언이다. 사랑은 비어 있음이고, 주어도 받아도 흔적 없음일진대 아버지는 딸의 진심을 알아보지 못한 것이다.

분노한 리어왕은 언니들에게만 권력과 영토를 나누어 주고, 코델리아는 추방한다. 평생을 예스맨에 둘러싸여 권력의 관점에서만 세상을 보았던 리어왕으로서는 일관된 태도다. 충직한 신하인 켄트의 목숨을 건 충언도 박차버린다. 코델리아는 꾸며대는 혀가 없어서 사랑을 잃었지만, 그래도 그 혀가 없어서 기쁘다는 입장을 고수한다.

아니나 다를까 권력을 물려준 리어왕은 두 딸로부터 무참한 대접을 받는다. 교언영색의 정체는 알고 보니 냉혹함이었다. 황야로 쫓겨나 폭풍우 속에서 고난을 겪으며 리어왕은 그때야 잘못을 깨닫고 울부짖는다. 혹독한 대가를 치르고 미쳐버린 상태에서야 진실을 제대로 본다. 아집과 독선의 틀을 깨기는 그만큼 어렵다. 리어왕의 비극과 뒤늦은 깨달음은 권력에서 인간으로, 타자 망각에서 타자 발견으로 이르는 고통의 길이었다.

백성들의 비참한 삶도 드디어 보인다. 누더기를 걸치고 있으면 그 뚫어진 구멍으로 티끌만 한 죄가 다 들여다보이지만,

예복이나 모피 외투를 걸치고 있으면 모든 것이 다 감춰지는 아비규환, 전도된 세상의 참모습을 비로소 알아차린다.

절대권력 리어왕의 오판, 그 파장은 비극적이다. 충직한 신하 켄트도, 지혜로운 친구 바보 광대도 역경에 처한다. 아버지를 구하러 온 코델리아도 잃고, 리어왕 자신도 죽는다. 탐욕스러운 두 딸도, 권력을 위해 아버지와 형을 배신한 에드먼드도 죽는다. 리어왕의 왕정은 이로써 몰락한다. 견제받지 않는 권력의 말로는 처참하다.

세익스피어 사후 왕당파와 의회파, 왕정과 공화정 사이의 엎치락뒤치락 권력 교체 과정이 보여주듯이 권력 배분과 재배치 문제는 당대의 예민한 문제였다. 단순히 리어왕의 성격에서 비롯된 비극이 아니라 권력체제의 향방이라는 거대한 문제가 배후에 도사리고 있었던 것이다. 왕정복고기에 '리어왕'은 리어왕도 코델리아도 살아남도록 개작하여 공연토록 강요받기도 했다.

이 시대의 권력은 리어왕의 전철을 밟고 있는 것인가. 고너릴과 리간을 닮은 교언영색의 방송들은 왜곡을 일삼고, 코델리아처럼 진실을 말하는 참 언론은 드물다. 언로가 막힌 권력은 폭주하기 마련이다. 폭주의 현실은 타자 망각의 적나라한 현장이다. 생명의 젖줄 4대강은 틀어 막혀 신음하고, 세월호 유가족은 피 울음을 울며, 남북평화의 숨통인 개성공단은 일거에 폐쇄되었다.

'리어왕'의 세계는 폭풍우와 고통의 신음이 뒤섞여 울리는 비극의 밤이긴 하지만, 그래도 그 밤하늘엔 찬란한 별들이 빛난다. 코델리아, 켄트, 에드거, 바보 광대가 그들이다. 마찬가지로 이 시대의 코델리아들은 눈먼 권력에 맞서 온몸으로 저항하고 있다. 고군분투하는 그들이 있어 우리의 민주주의는 아직도 희망이 있다.

괴테는 <서동시집>에서 이렇게 노래한다.

"책 중에서 가장 이상한 책은 / 사랑의 책이라 / 내 그 책 꼼꼼히 읽어보니 / 기쁨일랑 몇 쪽 안 되고 / 책 전체가 고통이로다." 괴테는 다시 선언한다.

"사랑하는 사람은 결코 길을 잃지 않는다."

1부. ②

세르반테스
〈돈키호테〉

장희창의 고전 다시 읽기

세르반테스
'돈키호테'

광기의 정체는, 오직 사랑

엄청 웃기는 책 <돈키호테>. 광인으로 알려진 돈키호테의 거침없는 낙천주의는 어디서 오는 걸까. 그가 방랑을 떠난 이유는 명쾌하다. 어떤 고난이 닥치더라도 가난하고 천대받는 자들을 돕고, 높은 사람에게 억눌린 자, 모든 억울한 자를 구해주는 것이다. 세상이 그를 원하는데 꾸물거리고 있으면 죄가 된다며 서재를 박차고 나간다.

방랑의 첫날 밤 돈키호테와 산초는 허름한 여관에서 묵는다. 그의 눈엔 여관이 성곽으로, 창녀가 공주로 보인다. 창녀와 공주를 동등하게 보는 것, 창녀와 공주를 차별하는 것, 어느 쪽이 정상일까. 돈키호테는 말한다. "방랑기사의 기사도라는 건 사랑의 도리와 같아서 모든 일이나 사람들을 평등하게 보는 거네." 돈키호테 광기의 한 단면은 만인평등의 사상이다.

생각만 많은 지식인에게 이론과 실천의 괴리는 치명적이다. 예컨대 지난해 8월, 사회와 대학 민주화를 위해 살신성인한 부산대 고현철 교수를 동료 교수들마저 침묵으로 외면하고 있다.

반면에 돈키호테는 생각과 행동, 그 사이의 심연을 단숨에 뛰어넘는 실천의 인간이다. 그 속도감, 그 치열함이 광기로 보이는 것이다. 돈키호테 자신도 문(文)보다 무(武)를 높이 친다고 거듭 강조한다. 이반 투르게네프의 말대로 햄릿형 인간보다는 돈키호테형의 인물이 민중을 이끌어간다.

돈키호테에겐 일말의 권위의식도 없다. 세숫대야를 투구로 쓰고 다니는 모습에 절로 웃음이 터져 나온다. 웃음은 모든 무거움을 깨부순다. 고행한답시고 윗도리만 입고 아랫도리는 벗은 채 공중제비를 돌기도 한다. 거침없는 명랑성. 부조리한 사회에 대한 풍자와 조롱의 몸짓이다. 기득권의 세련된 포장지인 '이성'의 관점에서 보자면 내 것 네 것 가리지 않는 '광인'은 낯설고 위험한 타자이다. 아랍인 역사학자가 쓴 이야기를 상당 부분 그대로 옮겨온 것이 '돈키호테'라고 거듭 강조한 것도 일종의 자기 검열이었다. 당시 스페인 왕국은 반종교개혁과 합스부르크 절대 왕조의 엄혹한 통치하에 있었다.

산초도 돈키호테와 고난을 같이 하면서 차츰 감화를 받는다. 작은 섬의 총독으로 부임하게 된 산초에게 돈키호테는 신신당부한다. 죄 많은 고관대작보다는 덕 많은 보통사람이 되라. 피는 이어받는 것이지만 덕은 습득하는 것이다. 목민관으로서 공평한 재판을 하되 정의와 자비가 서로 충돌할 때는 자비를 택하라 등등. <목민심서>가 따로 없다. 당대의 위정자들에게 보내는 고언이다.

본 줄거리 말고 작은 에피소드들이 다수 삽입되어 있는데, 그것은 제도와 관습과 빈부 차를 뚫고 이루어내는 청춘남녀의 사랑 이야기들이다. 건강한 에너지가 넘쳐흐른다. 그 에너지가 돈키호테와 산초의 고된 역정에 봄바람을 불어넣어 준다.

아름다운 사랑 이야기들은 넘쳐나지만, 정작 돈키호테 자신은 구원의 여성 둘시네아를 만나지 못한다. 만날 듯 만날 듯 끝내 만나지 못한다. 그러니까 둘시네아는 바로 가까이에 있지만 눈에 보이지 않는 그 무엇, 즉 인간의 마음이다. 둘시네아는 돈키호테의 자유혼을 일컫는 비유적 존재였던 것이다. 기사도 정신의 바탕은 변함없는 사랑의 마음이며, 그 마음을 충실히 지키는 것이다. 불굴의 낙천주의는 거기서 나온다. 사람은 누구나 자기 운명의 창조자이다.

녹초가 된 돈키호테를 데려온 산초가 마을 사람들에게 그의 삶을 이렇게 요약한다. "남의 팔뚝에 져 패배하긴 했지만, 그분은 자기 자신을 이기고 돌아온 아들일세. 그분 말에 따르면 자신을 이기는 게 인간에게 바랄 수 있는 가장 큰 승리라는 걸세." 너와 나의 경계를 허물고 넘쳐흐르는 마음의 비밀, 그것은 사랑이다.

알제리 해적에게 붙들려 5년간의 노예생활까지 감당해야 했던 달관의 인간 세르반테스(1547~1616). 돈키호테라는 가면 뒤에서 빙그레 웃는 거인의 따뜻한 마음이 느껴진다. 물론 이 시대의 돈키호테들도 작품 속 돈키호테 못지않게 바쁘다. 일본 대사관 소녀상 앞에서 그들이 외치는 소리가 들린다.

"일본 정부는 할머니들에게 공식 사과하고 배상하라. 우리 정부는 다시 협상하라."

괴테
〈파우스트〉

장희창의 고전 다시 읽기

괴테
'파우스트'

여성적인 그것,
'사랑'이 구원하리

<파우스트>의 서막에서 주님과 악마 메피스토펠레스는 인간 존재의 구원 가능성을 놓고 내기를 벌인다. 냉소에 찬 허무주의자 메피스토펠레스가 보기에 인간은 얼핏 이성이 있는 것처럼 보이지만, 결국은 욕망 속에서 버둥대다 지옥으로 떨어질 몸뚱이에 불과하다. 하지만 주님은 파우스트 박사를 예로 들며 인간의 구원 가능성을 열어놓고 본다. "착한 인간은 어두운 욕망 한가운데서도 올바른 길을 알고 있는 법이네."

주님과 내기를 한 메피스토는 파우스트와 계약을 맺는다. 이 세상에선 파우스트에게 온갖 서비스를 제공하겠지만, 죽어서는 파우스트의 영혼을 가져가겠다는 조건이다. 메피스토 마술의 도움으로 30년 젊어진 파우스트의 주유천하, 그 첫 번째 무대는 관능의 세계이다. 말하자면 메피스토는 뒷돈을 대 성형수술을 시키고 회춘제도 먹여 서생 파우스트를

강남 유흥가로 데려간 셈이다.

곰팡내 나는 연구실을 박차고 나온 '귀족' 파우스트는 메피스토의 주선으로 순진한 '평민' 처녀 그레트헨을 만나 연애를 하게 되고, 그 결과는 그레트헨 가족의 몰살이라는 참혹한 비극으로 끝난다. 둘이서 남몰래 연애하는 과정에서 어머니가 죽고, 오빠도 죽는다. 둘 사이의 사랑의 열매인 아이는 물에 빠뜨려 익사시킨다. 그레트헨은 영아 살해범으로 감방에 갇힌다.

그러나 두 남자, 파우스트와 메피스토펠레스는 그런 사실을 아는지 모르는지 또다시 마녀들이 광란의 잔치를 벌이는 '발푸르기스의 밤'에 브로켄 산으로 향한다. 무책임한 수컷들! 독일 민속설화의 집결지인 브로켄 산 정상으로 오르는 두 남자의 행보를 서술하는 장면들은 모호하다. 그들은 정말 등산을 하고 있는 걸까. 아니다. 자세히 들여다보면 10여 쪽에 걸쳐 적나라한 남녀상열지사가 은유적으로 묘사되어 있다. 메피스토는 자신만만하다. 네놈이 욕정 앞에서 배기겠는가?

귀족과 평민의 신분 차이. 그레트헨은 천 길 낭떠러지에서 손을 놓는 심정으로 파우스트를 사랑하지만, 파우스트는 욕망의 불길 앞에서 오락가락한다. 결혼하지 않은 채 그레트헨과 연애하면 참극이 벌어진다는 걸 '잘 알고' 괴로워한다. "너는 여기서 무얼 원하는가? 가련한 파우스트야! 나는 네가 누군지 더 이상 모르겠다."하고 반문도 해보지만 끝내 절제하지 못한다. 파우스트 박사여, 60년 공부가 도대체 무슨 소용인가.

현실 원칙의 냉혹한 집행자인 메피스토에게는 물론 욕망의 절제란 당치도 않다. 타자를 무자비하게 물화(物化)시켜 버리는 자, 그 자가 곧 악마가 아닌가.

두 남녀가 서로 사랑했는데, 왜 그레트헨만 희생을 당한 걸까. 혼전 임신으로 인한 영아 살해는 괴테 당대의 흔한 사회 문제였다. 영아 살해범에 대한 최소한의 형벌은 십자가에 못 박는 것이었고, 말뚝으로 관통시키는 형벌도 예사였다. 남성 위주의 돈과 권력과 성이 지배하는 사회가 그레트헨 비극의 배경이었던 것이다.

파우스트는 감방에 갇힌 그레트헨을 구하러 간다. 그러나 그레트헨은 악마 메피스토가 같이 온 것을 보고는 탈옥을 거부한다. 자신을 파멸시킨 힘으로부터의 구원 제의라는 역설적 상황, 그 사회적 맥락을 꿰뚫어보았던 것이다. 그리하여 봉건적 관습이라는 악순환 고리를 과감하게 끊어버리고 자기희생의 길을 택한다. 원래는 그레트헨 처형 장면을 예수의 십자가형과 비슷한 모습으로 묘사했다가 교회의 항의를 의식해 나중에 빼버린 것에서도 괴테의 심중을 헤아릴 수 있다.

<파우스트>의 대단원에서 '희생자'인 그레트헨은 성모 마리아에게 '가해자'인 파우스트를 구원해 달라고 간청한다. 인간 역사의 비극적 아이러니. 이는 장구한 역사의 흐름에 있어서 인간 사회의 인간다운 중심을 지탱했던 것은 진심으로 이웃을 사랑했던 평범한 사람들이었다는 통찰이다. <파우스트>의 마지막 시구 "영원히 여성적인 것이 우리를 이끌어간다."는 그런 의미일 것이다.

1부. ④

생텍쥐페리
〈어린 왕자〉

장희창의 고전 다시 읽기

생텍쥐페리
'어린 왕자'

삶의 만화경 여는
'타자'의 마음 읽기

"양 한 마리 그려줘." 사하라 사막 한가운데 불시착한 비행사에게 어린 왕자가 느닷없이 말을 건넨다. 비행사는 엉겁결에 이런저런 양들을 그려주지만 반응이 영 시원찮다. 양의 겉모습만 그렸기 때문이다. 양이 들어가 살 수 있는 상자를 다시 그려주자 어린 왕자는 그제야 고개를 끄덕인다. 고립된 '실체'로서 양이 아니라 너와 나의 '관계', 양과 주변 세계의 '만남'을 투시하는 마음의 공간을 그려달라는 게 어린 왕자의 주문이었던 것이다. 그 마음의 공간은 시심(詩心), 동심(童心) 혹은 순진무구한 상상력의 세계이다.

어린 왕자가 자신의 별에 살면서 가장 두려워했던 것은 유용한 식물들 사이에 섞여 자라는 바오바브나무의 싹들이었다. 소유와 탐욕의 상징인 바오바브나무가 무성해지면 다른 것들은 다 시들어버린다. 그러므로 그 싹이 돋자마자 솎아내는 것이 중요한 일과였다. 마음의 비밀을 찾아 여행을 떠난 어린 왕자가 찾은 여러 별에서도 바오바브나무는 다양한 형태로 자라고 있다. 바오바브나무의 정체를 제대로 투시해야 마음의 비밀도 풀린다.

그가 처음으로 도착한 별은 왕이 사는 별이다. 왕의 눈엔 인간이 아니라 신하만 보인다. 그에게는 복종이냐 불복종이냐가 가장 중요한 판단 기준이다. 불복종의 경우엔 물대포로 가차 없이 응징한다. 두 번째 별은 허영심 많은 사람이 사는 곳이다. 그의 눈엔 자기를 찬양해주는 사람만 보인다. 착한 이웃도 가난한 이웃도 눈에 보일 리 없으니 자기 치장에만 골몰한다. '자기'라는 무쇠의 감옥, 그 안은 참으로 어둡다.

술주정뱅이의 별을 거쳐 어린 왕자는 네 번째 별인 사업가의 별로 간다. 사업가는 자신이 벌어들인 많은 돈을 세어보고 또 세어본다. 그 재미로 산다. 하지만 노동력을 제공한 노동자에게는 쥐꼬리만큼만 준다. 그다음은 가로등 켜는 사람의 별이다. 어린 왕자가 보기에 이 사람은 이전 사람들과는 좀 다르다. '자기 자신'이 아닌 '다른 것'에 열중하고 있기 때문이다. 빛과 어둠의 어스름한 중립지대이다. 여섯 번째는 지리학자의 별. 그는 어둠에서 좀 더 빛 쪽으로 다가간 사람이다.

그의 안내를 받아 어린 왕자는 지구에 오게 된다.

사람을 찾아 사막을 건너던 어린 왕자는 여우와 만나 친구가 되고, 그에게서 생의 비밀을 듣는다. '길들여진다는 것'은 관계를 맺는 것이고, 서로가 서로에게 유일한 존재가 된다는 것이다. 가장 소중한 것은 눈에 보이지 않으며, 마음으로 보아야 잘 보인다는 것이다. 별로 어려운 말이 아니다. 타자를 따뜻하게 대하라는 것이다.

사막 한가운데서 우물을 찾아 함께 물을 마시는 장면은 아름답다. 두레박을 끌어올리는 도르래의 삐걱거리는 노랫소리에 우물도 사막도 잠에서 깨어난다. 어린 왕자가 마신 물은 물 이상의 그 어떤 것이다. 그것은 별빛 아래 밤새 걸어온 길과 도르래의 노래 그리고 두레박을 끌어올린 노력으로 태어난 것이다. 만물은 이런 식으로 연결되어 있다. 독불장군은 어디에도 없다. 마음이 열리면 삶의 만화경이 환히 보인다.

그러나 이 시대, 독선과 독점의 바오바브나무는 사방으로 번져나가고 있다. 어린 왕자가 두려워하던 바오바브나무들이 이 땅에서는 얽히고설켜 무성한 숲을 이루고 있다. 세월호 참사, 한국사 국정 교과서 강행, 노동법 개악은 그 일단일 뿐이다. 또 다른 예. 부산 시청 앞, 두 평도 채 안 되는 전광판 꼭대기에서 막걸리 회사와 택시회사의 노동자 두 사람이 우리도 인간답게 살고 싶다며 고공농성을 벌인 지 수백 일째건만, 사장님들은 끄떡도 안 한다. 날씨도 춥다.

히틀러라는 바오바브나무가 유럽 대륙을 칭칭 휘감았을 때, 생텍쥐페리는 미국으로 망명했고, 거기서 어린이들의 성탄절 선물로 펴낸 것이 <어린 왕자>였다. 망명생활이 도피가 아닐까 고뇌하던 작가는, 거대한 바오바브나무에 저항하기 위해 고령임에도 불구하고 프랑스군 비행중대로 돌아와 출격했다. 이 궁핍한 시대에 어린 왕자가 우리에게 던졌던 화두는 내게 이렇게 들린다.

"사람을 따뜻하게 대하라."

Title page of Honoré de Balzac's Old Goriot (1834作)

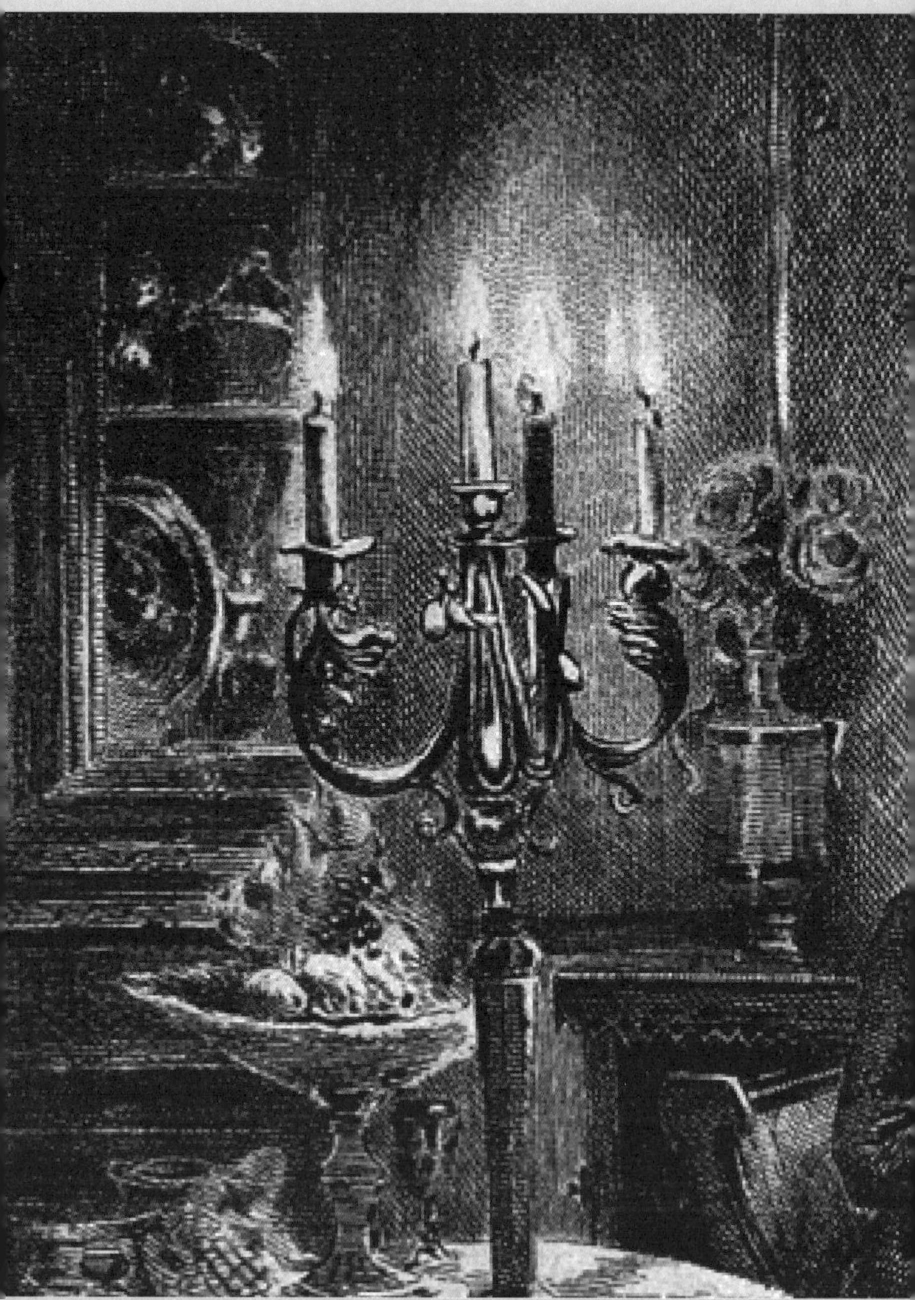

발자크 〈고리오 영감〉

장희창의 고전 다시 읽기

발자크
'고리오 영감'

착한 영혼일 때,
인간은 신의 모습

'고리오 영감'의 시대 배경(1819년)은 프랑스혁명, 나폴레옹 제정의 몰락, 그리고 왕정복고기의 프랑스 파리다. 뒷골목의 허름한 하숙집 보케르 관에 기거하는 인물들은 자본주의라는 거대한 장기판 위에 놓인, 스스로는 자신의 운명을 모르는 여러 종류의 말과도 같다.

고리오 영감은 1793년 급진파 자코뱅 독재시대에 정치적으로 기민하게 적응하여 막대한 재산을 축적한다. 그리고 두 딸을 백작과 남작에게 시집보내어 신분 상승을 꾀한다. 그러나 노인이 돈 한 푼 없이 죽어가자, 딸들은 임종도 하러 오지 않는다. 사치와 허영, 음모와 계략이 판치는 파리 사교계는 고리오 영감의 재산을 블랙홀처럼 빨아들여 버렸다.

가문과 자신의 출세를 위해 파리로 올라온 대학생 라스티냐크는 친척인 귀족 부인의 도움으로 사교계에 입문하고, 사교계를 통한 성공이라는 처세술에 눈을 뜬다. 그 와중에 고리오 영감의 둘째 딸을 진심으로 사랑하게 되고, 고리오 영감의 지극한 부성애에도 감동한다. 또 다른 정체불명의 인물인 보트랭은 하숙집에 은신하고 있는 탈옥수로 파리의 현실에 눈이 밝은 사람이다.

보트랭의 말대로 "항아리 속의 거미들처럼 서로가 서로를 잡아먹어야 할 운명"에 처한 순진한 청년 라스티냐크에게 정직한 방법으로 출세할 가능성은 거의 없다. 라스티냐크에게서 아름다운 영혼을 본 보트랭은 그에게 온정적이었다. 보트랭은 청년에게 사악하면서도 현실적인 방안을 제시하면서 백만장자의 서출인 빅토린 양을 꾀라는 주문을 한다. 그녀를 무자비하게 내팽개친 오빠만 없어지면 모든 재산을 그녀가 물려받게 된다는 것이었다.

라스티냐크는 성공과 양심, 욕망과 사랑 사이에서 갈등한다. 보트랭의 유혹은 집요하다. 자기가 알아서 다 해주겠다는 것이다. 보트랭은 실은 루소의 제자임을 자부하는 시대의 반항아였다. 사회계약은 뿌리 깊은 기만일 뿐이며, 재판소, 헌병, 예산을 무더기로 거느린 정부에 맞서 싸우고 조롱하는 것이 자신의 임무라는 것이었다. 발자크는 주로 보트랭의 입을 빌려 당대 자본주의와 관료주의의 본성을 꿰뚫어 본다.

관료체제는 양심을 질식시키고, 인간을 무력화시켜 인간을 정부라는 기계장치에 나사처럼 적응시킨다. 변호사와 법관이라는 자들도 부자들이 안심하고 잠들 수 있도록, 우리보다 가치 있는 불쌍한 작자들의 어깨에 범죄자 낙인을 찍어 감옥에 보내는 존재에 불과하다. 명백한 근거가 없는 커다란 성공과 재산의 비밀은 망각된 범죄일 뿐이다. 마르크스가 발자크의 작품들을 극찬한 것은 이런 시선 때문이었다.

보트랭의 존재는 프랑스혁명의 좌절 후 지하로 잠복한, 폭력의 소용돌이 속에서 중심을 상실했던 혁명 정신의 엉클어진 행보로도 읽힌다. 원칙은 사라지고 사건들만 존재하며, 법도 없고 상황만 존재했던 아수라장의 역사 현장. 그의 존재를 바라보는 발자크의 심경은 대단히 복합적이다. "그는 더 이상 하나의 인간이 아니라, 타락한 한 국민 전체, 야만적이면서도 논리적이고, 난폭하면서도 유연한 한 국민의 전형이다."

라스티냐크는 끝내 보트랭의 유혹을 뿌리친다. 보트랭의 악마적인 유혹 장면은 혁명 과정에서 자코뱅 당이 무자비하게 휘둘렀던 폭력의 논리와 궤를 같이하는 것으로도 보인다. 요컨대 라스티냐크는 목적을 위해서는 수단도 선해야 한다는 것이고, 보트랭은 목적을 위해서 때로는 악한 선택도 마다치 않아야 한다는 것이다. 바로 마키아벨리의 고민이 아닌가.

고리오 영감의 죽음을 끝까지 지킨 인간다운 인간은 라스티냐크였다. 고리오 영감의 무덤가에서 파리를 내려다보며 "이제부터는 파리와 나의 대결이다!"라고 외친다. 한 번의 커다란 유혹은 이겨냈으나 앞으로는 어떻게 헤쳐 나갈 것인가? 보트랭이 그에게 말한다. "당신 같은 사람과 닮아 있을 때 인간은 신(神)인 것이고, 그럴 경우 인간은 더 이상 가죽으로 덮인 하나의 기계가 아니라, 가장 아름다운 감정들이 약동하는 하나의 무대인 것이오." 오락가락하는 착한 영혼을 바라보는 대작가의 시선은 따뜻하기만 하다.

1부. 7

바스콘셀로스
〈나의 라임
오렌지나무〉

장희창의 고전 다시 읽기

바스콘셀로스 '나의 라임 오렌지나무'

화려하든 조촐하든 모든
삶은 평등

"진정한 시는 꽃이 아니라 강물
에 떨어져 바다로 떠내려가는 이파리들을 노래한다." 브라
질의 국민 작가 바스콘셀로스(1920~1984)의 <나의 라임 오
렌지나무>에 나오는 구절이다. 화려하든 조촐하든 모든 삶
은 평등하다는 것이다. 국내에서만 수백만 부가 나갔다고 알
려진 이 작품은 어린 시절을 불우하게 보냈고, 권투선수, 바
나나농장 인부, 야간업소 웨이터 등 밑바닥 직업을 전전하며
가난을 속속들이 체험했던 작가의 자전적 소설이다.

주인공 제제는 여섯 살 소년이다. 아빠는 일자리를 잃었
고, 엄마도 누나들도 공장에서 하루 종일 일한다. 성탄절 날
문밖에 신발을 벗어놓고 기다렸지만 예수님은 선물을 가져
다주지 않았다. 예수님은 부잣집 아이만을 편애하신다. 아빠
의 슬픈 눈동자가 어른거려 제제는 아빠의 성탄절 선물을 마
련하기 위해 구두통을 메고 거리로 나선다.

제제는 장난기가 심해 가족들로부터 걸핏하면 매를 맞았다. 하지만 제제는 동생을 위해 동물원 놀이도 하고, 동생에게 싸구려 장난감이나마 마련해주려고 애쓰는 의젓한 형이다. "나는 모든 것을 집 밖에서 배웠다."는 첫 페이지의 독백은 어린 제제의 고독을 그림처럼 보여준다. 제제는 가족이 아니라 정원의 라임 오렌지 나무에게만 마음을 털어놓는다. 키 작은 오렌지 나무를 망아지로 삼아 드넓은 초원을 마구 달린다. 제제의 순진무구하고 발랄한 동심은 거기에서나마 자유를 누린다.

조숙한 제제는 학교에 조기 입학한다. 자기 반 못생긴 선생님의 꽃병만 늘 비어 있는 게 안타까워 남의 집 정원에서 꽃을 꺾어 꽂아드린다. 선생님은 고마워하면서도 그건 도둑질이라고 하자, 제제는 이 세상은 하느님 것이므로, 꽃들도 하느님 것이라고 당돌하게 반박한다. 제제는 선생님이 준 용돈으로 자기보다 더 가난한 흑인 애에게 생크림 빵을 사주기도 한다. 엄마가 작은 것이라도 더 가난한 사람과 나누라고 했다는 것이다. 엄마는 여섯 살 때부터 공장에서 일을 해왔다. 가난을 뼈저리게 느꼈던 사람만이 가난을 안다.

제제는 엄마가 부르던 노래를 좋아했다. 인디언 후손인 엄마는 삶의 아픔을 노래로 달랬다. "파도가 밀려와 / 백사장을 뒹굴다 밀려가면 / 내 사랑 뱃사공도 / 저 멀리 떠나간다네." 제제는 실의에 빠진 아빠를 즐겁게 해주려고 거리의 가수한테 배운, 나는 벌거벗은 여자가 좋아, 라는 탱고 노래를 멋모르고 불러주었다가 죽도록 얻어맞았다. 가난에 시달리면서도 그 체제의 잘난 도덕률을 맹종하는, 꿈 잃은 어른들의 반응일 뿐이다.

장난질을 하다 발에 심한 상처를 입은 제제를 포르투갈 사람인 뽀르뚜가 아저씨가 의사에게 데려다 치료해주었다. 둘은 급속도로 친해진다. 아저씨는 자기 승용차를 가리키면서 '우리' 차라고 부른다. "내 것은 모두 다 네 거야. 우린 가장 친한 친구잖아." 천민자본 세상의 소유 질서를 뒤흔드는 무소유(無所有)의 사자후다.

이제 제제에게 새 세상이 열렸다. 둘은 낚시 여행도 같이 떠난다. 부자인 아저씨와 가난한 아이는 친구가 되었다. 낳아준 아버지보다는 자신을 알아주는 아저씨가 진짜 아버지로 여겨졌다. 조건 없는 사랑. 예수님 대신에 인간 뽀르뚜가가 제제를 찾아왔던 것이다.

자신이 누군가로부터 이해받고 있다는 사실이 제제를 달

라지게 만들었다. 인간은 사랑하는 사람에게서만 배우는 법이다. 기쁨은 마음속에서 빛을 발하는 태양이다. 행복도 잠시. 뽀르뚜가는 세상에서 가장 힘센 망가라치바 기차에 치여 죽는다. 망가라치바는 천민자본의 폭주 혹은 거스를 수 없는 인간 운명의 상징일 것이다. 커다란 슬픔은 제제를 철들게 하고 성장시킨다. 아빠는 다시 취직해 가족에게 웃음을 찾아주었지만, 제제의 마음속 아빠는 이 세상엔 없다. 진실한 사랑 없이는 만남도 헤어짐도 무덤덤할 뿐이다.

지하철 스크린도어 뒤편에서 작업하던 청년이 비참한 사고를 당했다. 공구 가방 속에 수저 하나와 컵라면 하나 달랑 들어 있었다고 한다. 이 시대의 금수저들이 뽀르뚜가 아저씨처럼 손을 내밀 리는 없다. 우리의 청춘들은 취업이라는 지옥 전선에 최소한의 안전장치도 없이 내던져져 있다. 이 시대의 조건 없는 사랑은 기본소득이든 무어든 최소한의 복지다.

Demonstrators around flowers in Prague during the Velvet Revolution for Freedom (1989作)

밀란 쿤데라 〈참을 수 없는 존재의 가벼움〉

장희창의 고전 다시 읽기

밀란 쿤데라
'참을 수 없는
존재의 가벼움'

조건 없는 사랑만이
인간 구원의 길

모든 인간은 유일무이한 존재
이며, 단 한 번밖에 살 수 없다. 삶이란 리허설도 없이 곧장
무대에 오른 배우와도 같다. 그렇다면 인생이란 한없이 무거
운 것인가, 아니면 한없이 가벼운 것인가.

프라하의 외과 의사 토마스는 인생을 가볍게 산다. 어떤 생
각에도 얽매이지 않는다. 엄숙해지는 걸 죽기보다 싫어한다.
수술하면서도 콧노래를 불러 동료들을 경악하게 한다. 이 여
성 저 여성 부담 없이 만난다. 동료를 대신해 프라하 근교로
진료를 갔다가 카페에서 일하던 테레사를 우연히 만나게 된
다.

문학소녀인 테레사는 삶을 진지하고 무겁게 본다. 낭만적
사랑을 꿈꾼다. 토마스는 다른 여성들의 경우와는 달리 테레
사에게 연민을 느낀다. 바구니에 담겨 떠내려온 아기를 만난
것 같은 느낌이었다. 바람기 많은 토마스 곁에서 테레사는 괴

롭다. 밤마다 악몽을 꾼다. 토마스도 테레사의 고통을 느낀다. 그래서 테레사를 떠나지 못한다. 토마스도 알고 보니 사랑하는 사람의 시선 속에 있고 싶어 하는 무거움을 지닌 인간이었다.

토마스와 친구처럼 지내는 화가인 사비나는 가벼움의 화신이다. 대학 시절 사회주의 리얼리즘 계열이 아니라 피카소류의 그림을 그렸다가 호된 비판을 받기도 했다. 사비나는 모든 대열과 행진을 증오한다. 자유롭고 집착 없는 삶을 산다. 사비나가 증오한 것은 공산주의라기보다는 키치의 세계였다.

키치는 19세기 중엽, 독일 부르주아 중산층이 상류층의 삶을 동경하며 지녔던 싸구려 복제 예술품을 가리키는 것이었다. 예컨대 부르주아 계층의 평균화된 미의식을 반영하는 이발소 그림과 같은 것이다. 이후 키치의 의미는 점차 외연이 넓어져, 획일화된 이념, 다양성의 부정, 전체주의적 미학, 우아하게 포장된 관념 같은 것에 대한 총칭이 되었다. 키치의 세계에 개인주의, 의심, 아이러니는 들어설 자리가 없다. 키치는 '존재에 대한 무비판적인 동의'의 태도이며, 자본주의 사회에서 그 존재란 돈과 권력을 가리킨다.

교수인 프란츠는 사비나의 자유로운 삶에 매혹을 느낀다.

프란츠는 대장정, 카스트로의 쿠바 같은 또 다른 유의 키치 속에 살고 있는 인간이다. 말하자면 관념적 좌파이다. 사비나는 키치의 세계에 갇혀 있는 프란츠의 청혼을 거부한다. 키치에서 벗어나야 비로소 자유와 아름다움의 영역을 함께 나눌 수 있다.

1968년 소련군이 프라하를 침공한다. 프라하의 봄은 끝났다. 지조의 여성 테레사는 소련군의 폭력 현장을 사진으로 찍어 외국 언론에 넘긴다. 테레사를 보호하기 위해 토마스는 스위스로 탈출하고 기기서 진료를 계속한다. 하지만 거기서도 토마스의 바람기는 멈추지 않아, 테레사는 억압의 도시 프라하로 돌아가 버린다. 홀로 남은 토마스도 고민하다가 프라하로 돌아간다. 사랑을 위해 직업을 포기해야 하는 중대한 결단이었다. 당시 체코의 저항적 지식인이 대부분 그랬듯이 토마스도 직장에서 쫓겨나 유리창닦이로 연명한다.

사비나의 삶은 떠남의 연속이었다. 속물적인 부모, 조국, 이념, 행진과 같은 모든 키치의 세계를 거부했다. 그렇다면 그때마다 몰려오는 공허는 어떻게 감당할 것인가? 공허조차도 가차 없이 떠나버린다.

쿤데라는 이렇게 암시한다. "소설은 작가의 고백이 아니라 함정으로 변한 이 세계 속에서 인간적 삶을 찾아 탐사하는 것이다."

테레사에게 강아지 카레닌은 조건 없는 사랑을 준 유일한 동반자였다. 소설의 마지막 장(章) 제목이 '카레닌의 미소'인 것에서도 작가의 심중을 읽을 수 있다. "우리가 사랑할 수 없다면, 그건 사랑으로부터 그 무언가를 요구하기 때문일 것이다." 소설의 달인 밀란 쿤데라는 이 말을 하려고 먼 길을 돌아왔던 것이다.

경제성장이라는 키치로 범람했던 우리 사회. 분배 없는 성장은 결국 성장마저 멈추게 하고 있지 않은가. OECD(경제협력개발기구) 국가 중 최고의 자살률, 세월호 참사, 역사 교과서 국정화, 부산국제영화제 위기. 이런 현상들은 타인의 고통에 대한 무감각, 자본과 권력의 자기장에 무반성적으로 노출된 물신주의의 만연, 즉 키치의 세계관이 낳은 필연적 산물일 뿐이다.

1부. ⑨

마크 트웨인
〈허클베리
핀의 모험〉

장회창의 고전 다시 읽기

JIM AND

GHOST.

마크 트웨인
'허클베리
핀의 모험'

만민평등의
유토피아를 향한 대장정

미시시피 강변의 한 마을. 떠돌이 술꾼의 아들인 열네 살의 헉(허클베리 핀의 애칭)은 도덕적으로 정결한 더글러스 과부댁의 보호를 받으며 산다. 그녀는 자신이 보호하는 아이들을 교양 있는 문명인으로 키우려고 훈육한다. 헉이 보기엔 이제 죽어서 아무 쓸모도 없는 모세 이야기만 자꾸 들려준다. 별은 반짝이고 숲속의 나뭇잎들은 살랑거리는데 웬 모세란 말인가? 야생의 삶에 익숙한 헉은 갑갑하기만 하다.

헉은 마을 판사에게 가서 자신의 몫으로 맡겨져 있던 6,000달러의 거금을 포기할 테니, 대신에 1달러만 달라고 한다. 자유를 구속하는 것이라면 돈이든 뭐든 다 필요 없다는 것이다. 철부지 행동 같지만, 소유의 질서에 대한 거부감이다.

어느 날 헉의 아버지가 나타나 그를 숲속 오두막에 가둔다. 폭력적인 아버지에게 헉은 물론 헉의 돈도 자신의 소유일 따름이다. 헉은 미시시피의 한 섬으로 도망가고, 그곳에서 탈주 노예인 흑인 짐을 만난다. 추격자들을 따돌리기 위해 두 사람은 미시시피 강을 따라 뗏목을 타고 내려간다. 떠나기 전 언덕에서 내려다보니 마을은 왠지 환자들이 모여 사는 병든 곳이고, 그 바깥은 별과 강이 있는 광활한 대자연이다. 미시시피 강과 뗏목 운행에 대한 생생한 묘사는 눈에 선하다. 마크 트웨인(1835~1908)이 수로 안내사로 젊은 시절을 보냈던 체험의 반영이다.

물과 뗏목을 오가는, 아슬아슬한 모험과 위기의 연속. 그 와중에도 풍자와 유머가 넘실거린다. 따뜻한 영혼은 기죽지 않는 법이다. 왕과 귀족을 자처하는 두 사기꾼과 잠시 동행하기도 한다. 이들은 부흥회에 참석해 개과천선한 척 성금을 모으고, 엉터리 연극을 공연하여 관람료를 갈취하기도 한다. 당시 중서부와 남부 문학에 단골로 등장하는 야바위꾼의 전형이다. 건국 초기 청교도의 청빈사상이 물신주의에 오염되어가고 있는 세태를 풍자한 것이다.

자유 주(州) 오하이오 주가 가까워지자 짐은 초조해진다. 이제 그곳에서 돈을 벌어 자기 아내와 두 아들을 도로 사들이는 꿈에 사로잡혀 허둥댄다. 헉도 잠시 흔들린다. 짐은 사유재산이므로 그를 도피시키는 것은 구출이 아니라 절도다. 천부인권과 소유권이 충돌하는 순간이다. 그러나 헉은 체제에 훈육된 시선, 알량한 양심의 틀을 박차버리고 대범하게 우정의 길을 택함으로써 추격자들을 따돌린다. 만민평등과 우정, 미시시피 강의 정신은 이 장면에서 거세게 용솟음친다. 한 인간은 결코 다른 인간의 재산이 될 수 없다.

둘은 결국 자유 주가 아닌 아칸소 주 파이크스빌 마을에 도착한다. 마침 친척 집에 온 톰 소여를 통해 더글러스 과부댁의 여동생인 왓츤 양이 유언으로 짐을 해방시켜 주었다는 소식을 듣는다.

트웨인은 어린 시절 노예시장에서 가족과 생이별하며 오열하는 노예 매매의 광경을 보며 자랐다. 그의 장인은 탈주 노예를 감추어준 노예 폐지론자로도 유명했다. 시대 배경이 19세기 초반으로 노예해방 전임을 감안할 때 이후 이 소설이 어떤 대접을 받았을지는 뻔하다. 주인공 헉의 욕설과 상스러운 말은 당시 미국 주류 사회의 교양과 교육의 위선을 조롱하는 목소리다.

헉은 떠돌이였던 아버지에게도, 난파선에 갇힌 갱들에게

도, 두 사기꾼에게도 온정의 시선을 보낸다. 헉의 난폭한 아버지보다, 조무래기 갱들보다, 가짜 왕과 가짜 공작보다도, 인간 흑인을 소유물로 여기는 백인 사회 전체가 더 거대한 범죄 집단임을 말하는 것이 아니겠는가.

얼핏 아웃사이더로 보이지만, 소년 헉의 기개는 미국 정신의 뼈대로 평가된다.

"미국의 모든 현대 문학은 마크 트웨인의 '허클베리 핀의 모험'에서 비롯되었다."고 헤밍웨이는 말한다. 헉의 모험은 만민평등의 유토피아를 향한 대장정이었다. 미시시피 강의 정신은 곧 우리 '태백산맥'의 정신이다. 미국 사회나 한국 사회나 쉽사리 썩어 문드러지지 않는 것은 그런 도도한 정신의 흐름 때문일 것이다.

마지막 장면에서 헉은 다시 인디언 부락으로 떠날 결심을 한다. 인디언은 미국 건국의 또 다른 희생자가 아니었던가. 트웨인의 목소리가 들리는 듯하다.

"미국은 자신의 원죄를 직시하라!"

American Author Ernest Hemingway with sons Patrick (left) and Gregory (right) with kittens in Finca Vigia, Cuba (1942作)

헤밍웨이
〈노인과
바다〉

장희창의 고전 다시 읽기

헤밍웨이
'노인과 바다'

삶의 허무 돌파하는
'우정'의 시선

이번 여름에도 나는 푸르게 넘실대는 해운대 바다를 저버렸다. 세계 최대 원전밀집단지인 고리, 그 지척의 바다에서 헤헤거리며 풍당거리고 싶진 않아서다. 그 대신에 쿠바 멕시코 만으로 떠났다. 지난 며칠간 그 바다 위, 작은 조각배에 타고 있는 야성의 노인과 더불어 지냈다. 독서는 낯선 곳으로의 여행. 헤밍웨이의 <노인과 바다>는 늙은 어부 산티아고가 깊고 푸른 바다에서 거대한 청새치와 엎치락뒤치락 목숨 걸고 벌이는 투쟁의 이야기다.

낚시의 달인인 노인은 84일째 고기를 잡지 못하고 있다. 그를 졸졸 따르는 소년이 출어 직전에 음식을 얻어 노인에게 가져다준다. "할아버지가 밥도 안 드시고 낚시 나가는 일은 없어야 해요." 아이라기보다는 엄마의 마음이다. 소년의 아빠가 운이 없는 노인과 다니지 말라고 해 따라가진 못하지만, 소년과 노인은 가족관계 저 너머에서 우정으로 맺어져 있다. 어부 대 어부다. 서로 알아준다. 그래서 더 신난다. 노인은 조각배에 몸을 싣고 홀로 바다 한가운데로 노를 저어 나간다.

마침내 낚시에 걸려든 거대한 청새치. 아슬아슬한 사투의 연속. 팽팽한 낚싯줄을 통해 삶의 고투와 그 퍼덕거림이 전해진다. 그런 와중에도 노인은 소년을 계속 생각한다. "그 애가 옆에 있다면 정말 좋으련만." 고독한 현장 뒤로 연대의 아우라가 빛난다. 소년과 노인은 그런 식으로 이어져 있다. 사흘간의 사투 끝에 노인은 지친 청새치를 조각배 옆에 매다는 데 성공한다.

그러나 상어 떼가 그의 행운을 그냥 두지 않는다. 상어 떼와 다시 사투를 벌이지만, 항구에 닿았을 때 고기는 뼈만 앙상하게 남았다. 인생이란 이윤이 남지 않으면 도로(徒勞)에 불과한 것인가. 소년과의 연대감이 삶의 허무를 돌파한다. 헤밍웨이 작품의 주인공들은 결코 좌절하지 않는다. "인간은 파괴당할 순 있어도 패배할 순 없어." 노인은 이렇게 되뇐다.

바다는 자상하고 아름답지만 때로는 사납다. 노인은 그 바다를 여성 명사로 부른다. 돈에 모든 것을 건 다른 어부들은 바다를 남성 명사로 부르며, 바다를 적대자, 경쟁자로 본다. 다른 어부들에게 바다는 이윤을 취하는 식민지일 뿐이지만 노인에게 바다는 삶의 터전이다. 헤밍웨이는 스페인 내전에도 참전한 열렬한 공화주의자였지만, 이처럼 선구적 생태주의자이기도 했다. 생태주의의 정치적 버전이 곧 공화주의 아니겠는가.

노인의 우정은 만물을 향한다. 청새치를 성자에 빗대기도 한다. "눈은 잠망경의 반사경처럼, 행렬 속에서 걸어가는 성자의 눈처럼 초연했다." 날치도 그의 친구다. 연약한 제비갈매기도 인간보다 더 고달픈 삶을 산다. 자연 속에서 식물과 동물은 서로 먹고 먹힌다. 해월 최시형의 말처럼 이천식천(以天食天)이다. 청새치를 끌고 가면서 노인은 생각한다. "우리는 지금 형제처럼 항해하고 있지 않은가."

당시 노벨문학상 선정위원회는 <노인과 바다>를 '폭력과 죽음의 그림자가 짙게 드리워진 현실 세계에서 선한 싸움을 벌이는 모든 개인에 대한 자연스러운 존경심'을 다룬 작품으로 평가했다. 하지만 헤밍웨이의 시선은 만물동근(萬物同根)의 더 거대한 세계를 투시하고 있다.

노인은 사자 꿈을 자주 꾼다. 사자들은 황혼 속에서 마치 고양이 새끼처럼 뛰놀았고, 그는 소년을 사랑하듯 이 사자들을 사랑했다. 자연 속에서는 아이도 고양이도 사자도 하나다.

작품의 서두에서부터 작가는 그 점을 곧장 말하고 있다. "노인은 모든 게 늙어 보였으나 두 눈만은 그렇지 않았다. 두 눈은 바다와 똑같은 색깔이었고 쾌활한 불패(不敗)의 기색이 감돌았다." 노인과 바다 사이를 구분 짓는 경계는 출렁거리다 끝내는 허물어질 것이다. 만물은 하나다.

바다에서 돌아온 노인은 소년을 보자마자 거침없이 말한다. "네가 보고 싶었다." 그러고는 언덕 위 오두막에서 두 팔쭉 뻗고 손바닥을 위로 펼친 채 신문지에 얼굴을 파묻고는 잠들어버린다. 두 팔 활짝 벌려 모든 걸 받아들인다.

독서는 나를 찾아가는 여행. 한 줄 한 줄 음미하듯 읽다 보면 어느새 노인과 소년의 우정에 동참하고 있는 자신을 발견한다.

1부. ⑪

헬레나 노르베리-호지 〈오래된 미래〉

장희창의 고전 다시 읽기

헬레나 노르베리-호지
〈오래된 미래〉

'개발' 없이도 가능한
마음의 평화

히말라야 고원의 척박한 땅. 빈약한 자원과 혹심한 기후에도 라다크는 1000년이 넘도록 평화롭고 건강한 공동체를 유지해왔다. 라다크의 주민들은 기운 옷을 또 기워 입고, 동물의 똥을 주워 땔감을 하면서도 스스로 가난하다고 생각하지 않았다.

그들은 좀처럼 성을 내는 법도 없고 매사에 서두르지도 않는다. 그들은 자기 밭의 곡식이 다 여물어도 이웃 사람 밭의 곡식이 익을 때까지 기다린다. '함께' 추수하는 기쁨을 누리기 위해서다. 라다크의 경제는 이처럼 검약과 협동과 자원 순환의 원리를 바탕으로 자립을 이루고 있었다.

그 천국과도 같은 오지를 어떤 용감무쌍한 여성이 찾아갔다. 스웨덴의 언어학자인 헬레나 노르베리-호지가 그 주인공이다. 그녀가 1975년 티베트의 고원인 라다크를 방문한 것은 그곳의 토속 언어를 연구하기 위해서였다. 그러나 라다크 주민들의 삶에 깊이 밴 생태적 지혜와 공동체 중심의 세계관에 매료된 그녀는 그 후 16년 동안 그곳에서 생활하게 된다.

그녀에게 라다크어 문법을 가르쳐준 승려가 전해준 시구는 자신에 대한 객관적 시각이 없었던 서구 지식인에게 의외의 충격으로 다가왔다. 미래로 가는 길은 하나뿐이 아님을 확신시켜주는 시구였다. "그곳(=유럽)에는 지상의 기쁨도 더 크고 / 바쁜 생활도 더하다/과학도 문학도 더 많고 / 사물의 변화도 더하다. / 이곳의 우리에게 진보는 없어도 / 복된 마음의 평화가 있다. / 기술은 없어도 / 더 깊은 법의 길이 있다."

그러니 그들의 일상에는 경쟁이 스며들 여지가 없다. 그들은 부드러운 속도로 일하고, 놀라울 만큼 많은 여가를 누린다. 라다크 사람들이 실제로 일하는 것은 일 년에 4개월뿐이다. 겨울 대부분은 서로 어울려 잔치와 파티로 보낸다. 천국이 따로 없다.

그러던 마을에 산업화의 바람이 불기 시작한다. 소위 서구식 개발이었다. 환경 파괴와 사회적 분열이 생겨났고, 인플레이션과 실업이 등장했다. 영화와 텔레비전은 서구적 삶의 사치와 힘의 이미지를 압도적으로 제공했다. 오랜 세월 유지되어온 생태적 균형과 사회적 조화가 산업주의의 압력 밑에서

붕괴하기 시작한 것이다. 돈 없이도 자립했던 경제가 이제 국제적인 현금 경제체제에 차츰 종속되어 갔던 것이다.

<오래된 미래>(ancient futures)는 때마침 현장에 있었던 저자가 이러한 변화의 전후 과정을 기록한 뼈아픈 보고서다. 변화의 핵심은 "소위 서구식 개발로 사람이 땅에서, 서로가 서로에게서 그리고 궁극적으로 자기 자신에게서 분리되어" 간 것이다. 경쟁의 삶이 공존의 삶을 몰아낸 것이다.

그 변화를 코앞에서 목도한 저자는 이후 서구적 '진보'라는 개념 자체를 폐기처분한다. 욕심이라곤 없던 사회에서 이제는 돈을 버는 것이 가장 큰 관심사가 되었다. 청동 항아리가 플라스틱 양동이로 대체되고, 야크 털 신발이 값싼 싸구려 신발로 대체되었다. 이런 게 진보의 결과일 수는 없는 것이다. 세계 인구의 삼 분의 일이 세계 자원의 삼 분의 이를 소비하면서 나머지 사람들을 보고 자기들이 하는 대로 따라 하라고 말하는 것은 속임수일 따름이다. 개발은 새로운 식민주의의 그럴듯한 이름에 지나지 않는 것이다.

오늘날 세계 경제를 움직이는 것은 더 정교한 기계와 기술을 동원한 더 많은 자원 착취, 더 큰 시장, 더 큰 이윤을 향한 무자비한 추진력이다. 저자는 라다크에서 유럽을 중심으로 세계로 번져나갔던 산업 문명의 폐해를 뼈저리게 목도하고, 그 극복의 가능성을 자연 친화적인, 지역경제에 맞는 탈중심화와 적정기술의 응용을 핵심으로 하는 반(反)개발이라는 개념으로 제시하고 적극적으로 실천하였다. 태양광 에너지를 이용한 난방장치를 현지 사정에 맞게 보급하고, '라다크 프로젝트'라는 단체를 결성하여 국제적 연대를 도모하기도 했다.

우리의 현실은? 서구인들조차 성찰과 반성의 대상으로 삼은 지 오래인 그 막개발의 길을 마구 달려가고 있지 않은가. 라다크의 속담을 빌려 오늘 우리의 현실을 다시 비추어보자. "호랑이의 줄무늬는 밖에 있고 인간의 줄무늬는 안에 있다." 자연과 더불어 이웃과 더불어 살아왔던 라다크 주민들의 은유는 격조 높고 아름답다.

2부.
자유혼의
열망은
민주공화국

마키아벨리 • 〈군주론〉 살벌한 현실에 아로새긴 공화제의 꿈

조너선 스위프트 • 〈걸리버 여행기〉 썩은 현실 향한 분노 '풍자의 백미'

귄터 그라스 • 〈양철북〉 망각의 역사 흔들어 깨우는 오스카의 북소리

조지 오웰 • 〈동물농장〉 권력 타락·대중 무관심 통렬한 풍자

카프카 • 〈변신〉 실직, 인간을 벌레로 만들다

미셸 푸코 • 〈감시와 처벌〉 '합리적 예속화' 늪에 빠진 현대인

헨리 데이비드 소로 • 〈월든〉 물신주의 돌파하는 역발상의 기개

토마스 모어 • 〈유토피아〉 어디에도 없어 더욱 그리운 그곳

존 베리 • 〈사상의 자유의 역사〉 사상의 자유는 피를 먹고 자란다

크로포트킨 • 〈만물은 서로 돕는다〉 상호부조와 공생은 자연의 법칙

아이소포스 • 〈이솝 우화〉 풍자의 기백은 자유를 향한 열망

안나제거스 • 〈약자들의 힘〉 세상 모든 사람이 역사를 만든다

Portrait of Niccolò Machiavelli (16C) - Santi di tito

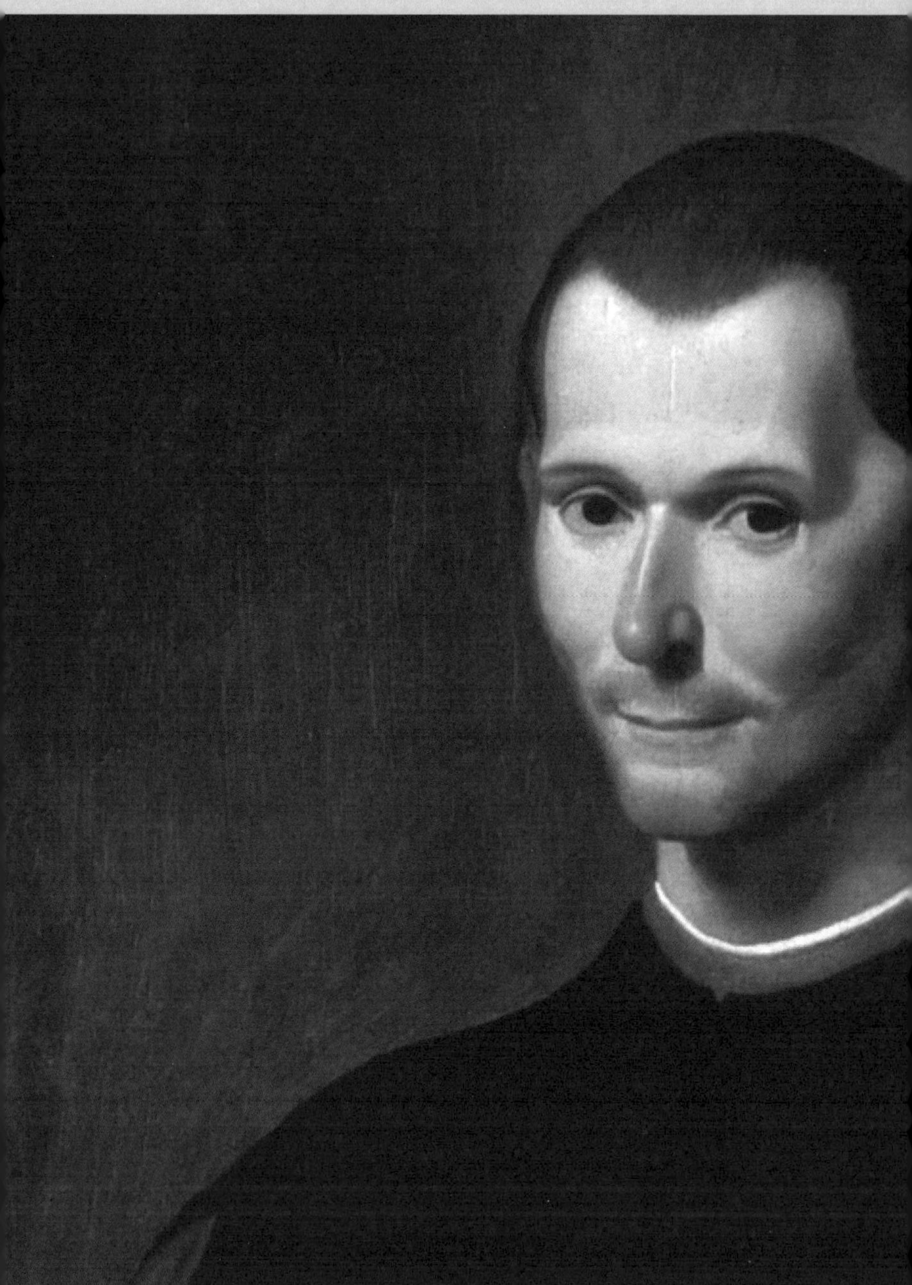

2부. **❶**

마키아벨리
〈군주론〉

장희창의 고전 다시 읽기

마키아벨리
'군주론'

살벌한 현실에
아로새긴 공화제의 꿈

마키아벨리 시대, 이탈리아는 사분오열된 가운데 외세 침략에 끊임없이 시달리고 있었다. 피렌체의 직업 외교관으로 동분서주했던 마키아벨리는 조국 통일을 위해서는 강력한 군주의 출현이 불가피하다고 보았다. 현실 정치의 바이블로 불리는 <군주론>은 혼돈의 국내외 정세에 능동적으로 대처하기 위한 고심참담의 결과물이었다.

<군주론>을 쓴 동기를 그는 이렇게 밝힌다. "나는 상상에 바탕을 둔 견해보다는 사물의 구체적인 실체를 따르는 것이 낫다고 생각한다."

<군주론>의 근대 정치적 성격은 이처럼 현장 경험에 근거하여 윤리와 정치, 상상과 현실을 냉철하게 분리한 데에 있다. 현실정치에 있어서 인간의 선한 본성은 믿을 수 없는 기준이라는 것이다.

그가 보기에 인간의 반은 인간이고 반은 짐승이다. 고대의 기록들에 군주들의 스승이 반인반수(半人半獸) 케이론의 모습으로 나타나는 것은 그 때문이라는 것이다. 그러므로 도덕만을 앞세운 이상주의 정치는 몰락할 수밖에 없다. 당시 도미니커스 교단의 수도사 사보나롤라의 급진 공화파 정권이 무참하게 무너지는 것을 목격한 마키아벨리는 단언했다. 모든 무장한 예언자는 승리하고, 무장하지 않은 모든 예언자는 파멸한다. 정치는 도덕이나 종교가 아니라 그 자체의 논리에 따른다는 말이다.

예컨대 개혁을 단행하려는 군주의 입장은 참으로 어렵다. 기득권자들은 공포에 떨고 있고, 새로운 지지자들은 의심하기 마련이다. 대체로 인간들은 은혜를 모르고 변덕스러우며 이익 앞에 탐욕스러운 존재이다. 그러므로 군주는 '여우의 책략과 사자의 용기'로 선악이 뒤엉킨 아수라장 현실을 돌파해야 한다.

이러한 날카로운 심리 통찰과 냉철함이 <군주론>을 목적을 위해 수단 방법을 가리지 않는 권모술수의 사상으로 비치게 했던 것이다. 계몽 군주를 자처했던 프로이센의 프리드리히 대왕은 마키아벨리를 인간성의 선함을 파괴하는 괴물이라고 비난하기까지 했다. 하지만 프리드리히 자신도 무자비한 영토 확장 정책을 펼쳤던 것은 엄연한 현실이었다.

부정적인 평가를 받아오던 <군주론>을 새로운 관점에서 재평가한 것은 몽테스키외와 루소였다. 루소의 발언. "마키아벨리는 군주에게 가르침을 주는 듯이 꾸미면서 실은 인민에게 위대한 교훈을 주었다. 그의 <군주론>은 공화주의자의 교과서다."

마키아벨리의 내심이 공화정에 있다는 것은 행간에서 금방 드러난다. 예컨대 책의 서두에서 그는 군주가 영토를 새로 획득했을 경우 그 나라가 공화국이었다면, 무자비하게 탄압하라고 권한다. 압제자로부터의 해방과 예전에 누렸던 자유는 긴 세월로도, 그리고 그 어떤 선정으로도 잊게 할 수 없다는 것이다.

반면에 군주의 지배하에 살아왔던 사람들은 자유민으로서 살아가는 방법도 모르고 또 쉽사리 반란도 일으키지 못하므로, 다른 지역에서 온 군주는 그들을 쉽게 정복할 수 있다고 본다. 그러므로 민중의 입장에서 보면 당연히 공화정을 택해야 한다는 논리다.

또 다른 연구서 <로마사 논고>에서 그는 군주제보다 공화제가 부패 억제에 효율적임을 치밀하게 논증한다. 전성기의 로마 공화정은 개인의 이익보다는 공공선을 우선시하는 자유로운 정치체제였기 때문에 시민들은 애국심으로 외적에 맞서 용감하게 싸울 수 있었다는 것이다. <군주론>의 정신도 그 연장선상에 있다. 군주의 가장 강력한 성채도 결국 민중이며, 국력은 재화가 아니라 부패하지 않은 시민 정신에서 나온다.

마키아벨리는 인간의 본성이 선하지 않다고 본다. 그러면서도 공화정의 꿈은 결코 놓지 않는다. 그 모순을 끌어안고 로마공화정 연구에 매진했던 것이다. 문자 그대로 함께 잘 사는 세상에 대한 그리움, 즉 공화정의 꿈은 인간다운 삶의 변함없는 목표일 수밖에 없다. 그 꿈과 그리움은 선악의 카테고리 저 너머에 있는 사랑의 또 다른 이름일 뿐이다.

텍스트의 행간에서 마키아벨리의 절절한 목소리가 들려온다. "운명을 탓하지 말고, 바로 이 자리에서 자립, 자강, 실천의 길을 가시오."

지금 우리 사회. 불평등은 깊어지고 공화제는 뿌리부터 흔들린다. 도피와 방관은 노예의 길이다. 민주공화국은 접을 수 없는 우리의 꿈이다.

Part IV

" The servants drive a herd of Yahoos into

2부. ❷

조너선 스위프트 〈걸리버 여행기〉

장희창의 고전 다시 읽기

조너선 스위프트
'걸리버 여행기'

썩은 현실 향한 분노
'풍자의 백미'

세상 돌아가는 꼴이 암담할수록 자유정신의 분노와 반발도 더욱 거센 법이다. 정치가이자 소설가였던 조너선 스위프트(1667~1745)의 <걸리버 여행기>는 18세기 영국의 부패한 정치 현실을 통렬하게 비판한 풍자문학의 걸작이다. 한때 동화라는 오해를 받았던 것은 검열을 두려워한 출판업자가 애초에 비판적인 부분들을 빼고 출판했기 때문이었다.

모험심 넘치는 걸리버가 외과 의사 자격으로 항해를 하다 난파당해 릴리퍼트라는 소인국에 도착하는 것으로 이 공상소설은 시작된다. 소인국에는 15㎝ 크기의 인간이 왕국을 이루고 산다. 그곳 국왕은 신하들보다 걸리버의 손톱 크기만큼만 더 크지만 당당하고 위엄에 넘친다. 무소불위의 권력은 째려보는 시선이다. 신하들은 줄타기 솜씨를 보여줌으로써 국왕의 신임을 얻으려 경쟁한다. 이 나라 사람들은 달걀을

깰 때 둥그런 쪽을 깨느냐 아니면 뾰족한 부분을 깨느냐 하는 같잖은 이유를 가지고 두 파벌로 나뉘어 있다. 당시 영국에서의 가톨릭과 신교, 토리당과 휘그당의 소모적인 반목과 대립을 겨냥한 것이었다. 오목 렌즈를 통해서 본, 저 아래 멀리서 보이는 이전투구 인간 세상의 만화경이다.

소인국을 탈출한 걸리버가 다음에 도착한 곳은 거인국이다. 여기서는 인간들의 추함과 결점이 확대경을 통해 보는 것처럼 적나라하게 드러난다. 미녀들의 온몸을 덮은 노끈처럼 굵은 털은 징그럽기만 하다. 멀찍이서 보고 다가가서 보고, 낯선 것과 익숙한 것을 공정하게 보려고 필사의 노력을 다한다. 한번 익숙해진 관점에서 벗어난다는 것은 참으로 힘들다. 인간사(人間事)는 관점들 사이의 충돌의 역사이다.

세 번째로 도착한 곳은 날아다니는 섬이다. 이웃과 주변 세계에는 관심 없고 추상과 내면의 세계에만 빠져 있는 사람들에 대한 비판은 과학만능주의에 빠진 현대인의 모습을 선구적으로 보여준다. 중도에 들른 마법사 섬의 총독은 죽은 인물들을 불러내는 능력을 가지고 있다. 걸리버는 총독에게 당부하여 역사 속의 인물들을 불러낸다. 알고 보니 진짜로 공적을 세운 사람 대부분은 빈곤과 굴욕 속에서 죽었다. 나라를 위해 진정한 사랑과 용기를 보여준 자들은 대부분 중류층의 농민이었다. 지배자의 시선이 아니라 피지배자의 관점에서 역사를 복원하려는 시도이다. 수많은 왜곡 앞에 걸리버는 분노한다.

마지막으로 도착한 곳은 말(馬)들이 지배하는 나라이다.

'휴이넘'이라고 불리는 말들은 정직한 이성을 가진 존재로 거짓과 위선을 모른다. 휴이넘에게 우정과 사랑은 근원적 미덕이다. 반면에 그곳에 같이 사는, 인간을 닮은 존재인 '야후'는 무엇이든 독점하려고 하는 타락한 인간의 모습과 속성을 가진 비천한 동물이다. 낭만주의자들의 '박애적 아첨'에 맞서 작가는 인간 본성의 어두운 부분을 신랄하게 꼬집는다.

권력과 재산에 대한 인간들의 끝없는 욕망, 가난한 자들이 1천 명이나 있는데 부자는 한 명뿐인 빈부 격차의 사회를 휴이넘은 이해하지 못한다. 타락한 인간과 반대편에 있는 휴이넘의 시선으로 보니 인간 사회에 대한 이해가 더 넓어진다.

'인간 혐오자'를 자처했던 스위프트는 인간을 이성적인 동물이 아니라 이성적일 수 있는 동물로 보았다.

작가가 집중적으로 비판하는 것은 불합리한 사법제도이다. 법관과 변호사들은 돈 때문에 흰 것을 검다고 하고 검은 것을 희다고 증명하기 위한 전문용어를 사용하는 기술을 배운 사람들이다. 올바른 일을 변호하는 것은 변호사에게 부자연스러운 일이다. 그랬다가는 판사 등 법조인들로부터 왕따를 당하기 때문이다. 판례라는 것도 부당한 의견을 정당화하기 위한 권위로 제시하기 위한 것일 뿐이다.

재판의 진행 과정도 느리기 짝이 없다. 민생고에 시달리는 서민의 고혈을 서서히 쥐어짠다. 재판관들은 무엇보다도 권력자의 심기부터 먼저 살핀다. 18세기 영국이나 21세기 한국이나 법치국가로 불리기엔 민망하다. 전관예우의 사례도 나온다. 법복으로 가린 뻔뻔함의 극치다. 전관을 예우하는 자들이 국민을 예우했을 리는 절대로 없다.

독자들이 자신의 책을 즐기기보다 분노하기를 바랐던 스위프트는 이런 묘비명을 남겼다. "나그네여, 자유를 위해 끝까지 싸운 이 사람을 본받아다오." 분노와 풍자는 자유정신의 또 다른 이름이다.

귄터 그라스
〈양철북〉

장희창의 고전 다시 읽기

귄터 그라스
'양철북'

망각의 역사 흔들어
깨우는 오스카의 북소리

귄터 그라스는 1959년 발표한 <양철북>으로 단숨에 세계적인 작가의 반열에 올랐다. 20세기 초중반 파란만장했던 독일 역사를 난쟁이 오스카의 행보를 통해 추적한 이 작품은 통렬한 풍자, 반어와 역설, 신성모독과 외설로 가득하다. 2차 대전 후 지리멸렬했던 독일 문단에 야생마 같은 존재가 나타났던 것이다.

그 야생마의 분신인 오스카는 단치히(폴란드어로 그단스크)를 무대로 속물 시민사회의 한가운데를 종횡무진 누비고 다닌다. 양철북을 두드리고 소리를 질러 유리를 깨면서 켜켜이 쌓인 속물 사회의 두터운 지방층을 마구 들쑤신다. 세상이야 어찌 돌아가든 말든 코앞의 안일만 추구하는 소시민들이 우글거리는 눈먼 자들의 도시. 깨어 있지 않으면 결국 짐승들의 지배를 받게 된다는 것은 거기나 여기나 마찬가지다. 자유자재한 관점 변화는 그라스 문학의 특기이다. 넙치의 관점, 개의 관점, 때로는 무당개구리의 관점에서 대상을 다각도로 투시한다. 오스카는 난쟁이이므로 다른 정상인들이 가질 수 없는 '아래로부터의 시각' 내지는 '개구리 시점'에서 사물을 본다. 익숙한 대상으로부터 냉철하게 거리를 두려는 예술적 장치이다.

무엇보다도 그라스는 일상 속의 미세한 폭력들을 포착한다. 동네 아이들이 오스카에게 오줌이 섞인 개구리 수프를 강제로 먹이는 장면, 오스카의 아버지인 마체라트가 비위 약한 아내에게 말 대가리를 미끼로 잡은 장어 요리를 강권하는 장면 등등 소소한 폭력들이 결국 파시즘이라는 거대한 폭력의 온상이라는 것이다. 미세한 폭력들의 적분(積分)이 곧 파시즘이다. 나치 세력이 단치히로 입성하자마자 오스카의 아버지 마체라트는 기다렸다는 듯이 갈색 셔츠를 입고 군중집회에 참여한다. 정치가 바뀌니 친구도 적도 바뀐다. 호형호제하며 카드놀이 좀 했다고 대순가. 인정사정없이 돌변한다.

교회의 위선과 무기력함도 신랄하게 비판한다. 예수라면 오스카가 걸어준 북을 두드려야 마땅한데 그렇지 않은 거로 보아 가짜가 분명하다며 꼬마 예수의 성상을 모독하고 조롱한다. 행동 없는 예수는 가짜 예수라는 것이다. 또한, 나치가

군중집회를 열고 있는 광장 연단 아래에서 오스카는 북을 두드려 나치의 행진곡을 왈츠 리듬으로 바꾸어버리기도 한다.

히틀러에게 고스란히 정권을 갖다 바쳤던 독일사회가 2차 대전 후엔 크게 각성했던 것일까. 그라스가 보기엔 그렇지 않다. 전쟁의 상처를 딛고 다시 일어나 먹고 살 만해지니까 독일 사회는 과거 역사를 망각하고 다시 천민자본주의 사회로 돌아간다. "진주 목걸이는 인간의 목보다 오래가며, 손목은 야위어도 팔찌는 야위지 않는다."며 통탄한다. 오스카의 북소리는 멈출 수 없다.

작가 귄터 그라스는 정치 현실에도 적극적으로 개입했다. 상대적으로 진보적인 사민당의 집권을 위해 수백 번의 선거 유세를 마다하지 않았다. 작가는 대중의 위에도 밖에도 있지 않고, 민주주의를 위해 허드렛일조차 마다하지 않는 '시민'의 한 사람일 따름이라는 것이다.

그는 "생동하는 현실로부터 유보적인 거리를 두는 여러 관념론이야말로 독일 시민사회의 원수"라고 잘라 말하기도 한다. 있는 힘을 다해 선거운동을 하고는 보란 듯이 자신의 작업실로 돌아갔다.

극우세력이 자기 집에 불을 지른 적도 있었지만, 그는 굽히지 않았다. 그라스는 문학을 온몸으로 살았던 '민주주의의 교사'였으며, 그의 인생은 '피가 뚝뚝 흐르는 역사의 내장' 속에서 저항을 외치고 진흙을 주무르고 자판을 두드리며 고군분투한 삶이었다.

2015년 4월 타계한 귄터 그라스의 삶을 돌이켜보니 이런 회한이 든다. 어설프게 아느니 차라리 모르는 게 낫지 않을까. 그의 작품을 이것저것 우리말로 옮겼으면서도 그의 치열했던 삶에 대해서는 대충 생각하고 말았다는 느낌이다. 이러면서 무슨 문학을 공부했다고 말할 수 있을까. 상아탑에 갇혔던 나의 과거, 갇힌 나의 현재가 새삼 돌이켜진다.

이제 그라스는 저세상으로 갔다. 그러나 그의 아바타인 오스카는 여전히 남아 양철북을 두드린다. 내게 그 북소리는 이렇게 들린다.

"세월호의 아이들을 결코 잊지 말라!"

2부. ④

조지 오웰
〈동물농장〉

장희창의 고전 다시 읽기

조지 오웰
'동물농장'

권력 타락 · 대중 무관심
통렬한 풍자

농장주 존스와 관리인들이 지배하는 농장에서 착취를 당하던 동물들은 늙은 수퇘지 메이저(마르크스)의 연설을 듣고 자신들의 비참한 노예 상태를 자각한다. 젊은 수퇘지 스노볼(트로츠키)과 나폴레옹(스탈린)의 주도로 반란을 일으킨 동물들은 농장을 접수한다. 메이너 농장은 동물농장으로 그 이름을 바꾼다.

나폴레옹과 스노볼, 그리고 스퀼러(프라우다지)의 지도 아래 모든 동물은 평등한 동물 공화국 건설을 위해 열심히 일하고, 돼지들의 주도하에 회의도 열고 문맹 퇴치의 학습 시간도 갖는다. 틈만 나면 구호도 외친다. "두 발로 걷는 것은 우리의 적이다!" 인간에 대한 적개심으로 동물들은 똘똘 뭉친다.

그러나 처음부터 조짐이 좋지 않았다. 농장에서 우유가 사라지고 있었는데, 알고 보니 돼지들의 사료에 들어가고 있었다. 모든 동물은 평등하다고 했는데, 어느새 특권층이 생겨났던 것이다. 항의를 했더니 "존스가 다시 쳐들어온다!"며 겁박을 주었다. 전형적인 매카시즘의 수법이다.

스노볼과 나폴레옹은 노선 차이로 암투를 벌이고, 더 기민한 나폴레옹이 권력의 사냥개들(비밀경찰)을 풀어 스노볼 일당을 제거한다. 경제 파탄의 책임도 스노볼에게 덮어씌워 버린다. 겁에 질린 동물들은 반신반의했지만, 차츰 지배자들의 이념 조작에 세뇌되고 만다.

우직한 동물들은 세상 어찌 돌아가든 말든 경제 목표 달성을 위해 억척스럽게 일만 했다. 마침내 복서(프롤레타리아 계층을 상징하는 말)는 쓰러지고, 인간들의 도살장에 육고기로 팔려간다. 각성 없는 대중의 처참한 말로다.

어느 날 마침내 돼지들은 두 발로 걷기 시작했다. 소위 혁명의 일부 세력이 보란 듯이 지배세력으로 군림하게 된 것이다. 농장 일을 감독하는 돼지들은 윗 발굽으로 회초리를 휘두르며 다니고, 고위 관료들은 존스 시대의 인간들보다 더 호의호식했다.

인간들이 경영하는 이웃 농장들(자본주의 국가들)도 동물농장을 파트너로 인정해주었다. 동물농장은 현대적인 경영방식, 규율과 질서의 모범으로 칭송도 받는다. 이제 인간과 동물의 대립이 아니라 동물과 하급동물, 인간과 하층계급 사이의 갈등, 예컨대 노사 갈등 같은 것이 더 시급한 현안이 되었다.

동물농장은 이름마저 도로 메이너 농장으로 바뀐다. 만찬장에서는 인간 대표들과 돼지 대표들이 함께 카드놀이도 하고 술도 같이 마셨다. 그 광경을 본 농장의 동물들은 누가 돼지이고 누가 인간인지 얼굴조차 구분할 수 없었다. 자본과 권력의 친화적인 결합을 이 장면보다 더 절묘하게 그려내기는 어려울 것이다. 이 폭력 저 폭력이 합류하여 하나의 거대한 소용돌이를 이루는 세계사적 장면이다. 제국주의 시대, 시장 자본주의와 관료주의는 찰떡궁합이었다.

오웰은 미얀마에서 5년간 경찰관을 지냈고, 런던과 파리에서 자발적인 가난의 삶을 살기도 하며 민중의 입장에서 당대 제국주의의 패덕성을 속속들이 투시하고 있었다. 그는 유럽의 민주주의를 옹호한다면서 정작 영국 제국주의에 대해서는 한마디도 하지 않는 영국 시민사회에 공감을 보내지 않았다. 그러니까 이 작품은 좁게는 러시아 혁명 이후의 스탈린 체제에 대한 비판이었지만, 넓게는 제국주의와 전체주의 자체에 대한 비판서였던 것이다.

오웰은 권력의 기만책과 민중의 무기력한 방조로 사회 전체가 동물농장으로 변해가는 과정을 잘근잘근 씹어대듯이 치밀하게 묘사한다. 권력의 타락도 민중의 무기력함도 통렬한 풍자의 대상이다. 철학자 한나 아렌트의 말대로 "악은 사유하지 않음에서 오는 것이며, 전체주의의 기원은 결국 대중들의 무지와 무관심이다."

또 다른 소설 <1984>에서 오웰은 텔레스크린, 사상경찰, 마이크로폰 등을 이용하여 국민의 사생활을 감시하는 디스토피아의 세계를 선구적으로 보여주었다. 놀라운 투시력이다.

최근 국민감시법임이 분명한 테러방지법이 국회에서 통과됐다. 사생활 보호와 영장주의라는 자유민주주의 헌법 체계마저 흔드는 법안이다. 이제 우리는 팬옵티콘의 전방위적 감시체제 아래에서 살게 되는 것인가. 분노와 저항이 없으면 우리의 미래는 동물농장이다.

카프카
〈변신〉

장희창의 고전 다시 읽기

카프카
'변신'

실직, 인간을
벌레로 만들다

어느 날 아침 깨어보니 출장 영업사원 그레고르는 자신이 한 마리 갑충으로 변해 있는 것을 발견한다. 꿈인가 현실인가. 그레고르 자신보다 가족들이 더 경악하며 허둥댄다. 카프카의 <변신>은 벌레로의 변신, 즉 실직이라는 화두를 툭 던져놓고 그 파장을 끈질기게 추적하는 작품이다. 자본주의 체제에서 가족이란 무엇인가.

직원이 출근하지 않자 지배인이 찾아온다. 그레고르는 평소에도 해고 위협에 시달리고 있었다. 벌레로 변한 그레고르를 보고 지배인이 놀라 달아나는 장면은 대단히 우스꽝스럽다. '여자를 좋아하고 에나멜가죽 장화를 신은' 지배인의 모습을 능청 떨며 침착하게 묘사한다. 비극의 와중에서도 생생하게 살아 있는 유머와 풍자의 정신. 카프카의 이런 희비극적 문체는 무성 영화시대에 풍자로 독재자에 대항했던 찰리 채플린을 떠올리게 한다.

가족들도 처음에는 연민과 동정으로 한때는 가장이었던 그레고르를 돌보아주지만, 차츰 지쳐간다. 거실로 나갔다가 방 안으로 쫓겨 들어가던 벌레 그레고르는 문틈에 끼여 버린다. 그의 몸의 한쪽 면은 다리들과 함께 허공에서 떨고 있는데, 그것은 자신의 미래에 대한 기대와 소망일 것이다. 다른 한쪽 면은 바닥에 그대로 짓눌려져 있다. 샐러리맨의 꿈은 일그러지고 말았다.

그레고르가 돈을 벌어다 주었기에 모두들 행복해했다. 하지만 차츰 익숙해져서 가족은 그를 돈 벌어 오는 존재로만 여길 뿐 따뜻한 교감은 없었다. 이제 벌레가 되어 방에 갇혀 있으니 차라리 자유롭다. 돈과 멀어지니 음악도 오히려 잘 들린다. 여동생의 연주에 그토록 감동받는데도 그가 벌레란 말인가.

가족들은 각자 일자리를 찾아간다. 아버지는 은행 직원들에게 아침밥을 날라다 주고, 어머니는 사람들의 속옷을 바느질하고, 여동생은 점원으로 일한다. "세상이 가난한 사람들에게 요구하는 바를 그들은 최대한 이행하고 있었다." 처연한 심경이 손에 잡힐 듯하다. 카프카는 노동자 상해보험회사에 근무하면서 노동자 권익을 위해 노력했고, 공무 출장을 통해 자본주의 세계의 내면을 속속들이 꿰뚫어보고 있었던 것이다.

아버지, 어머니, 그레고르라는 가족 삼각형이 허물어지자, 또 다른 관료적 삼각형이 전면으로 들어선다. 강압적인 지배인, 은행 사환으로 취직한 후 집에서도 제복을 입고 잘 정도로 복종함으로써 외부 권력을 증언하는 아버지, 그리고 가족 안으로 들어와 새로 주인이 되는 하숙생들. 그리고 또 다른 욕망과 권력의 삼각형들은 줄줄이 대기 중이다.

아버지는 벌레가 된 그레고르에게 폭력을 행사한다. 그에게 아버지라는 존재는 자기 스스로 복종하면서 아들에게도 복종을 권유하는 모든 세력의 응집체이다. 가족을 지켜주는 문이란 무엇인가. 그것은 언젠가 미친 듯이 기뻐하며 닥쳐올 '악마적인 세력들'이 두들겨댈 문일 뿐이다. 철학자 질 들뢰즈의 표현을 빌리자면, 카프카 안에서 고통스러워하거나 즐거워하는 것은 미국적인 자본과 기술 지배의 체제이고, 러시아적인 관료 체제 혹은 파시즘 체제이다.

이데올로기의 덧칠 없이 현대인의 고통을 처절하게 보여준 카프카의 천재성. 그레고르의 전달되지 않는 목소리는, 억눌린 자 갇힌 자들의 웅얼거림을 대표하는 것이다. 카프카는 희망을 말하지 않고 출구를 말한다. 카프카의 건조한 문장은 모든 지시와 은유, 상징과 의미를 제거하고, 기괴한 변신의 현실 속으로 곧장 돌진한다. 그 현장에는 본래의 의미도 형상적인 의미도 없으며, 다만 단어들의 부챗살 사이로 욕망과 권력이 넘실거릴 뿐이다. 그 권력이 어떤 형태로 나타날지는 오리무중이었다. 카프카 문학이 20세기 현대 문학의 주요한 한 줄기를 이루게 되었던 것은, 종잡을 수 없는 거대한 형체로 등장하던 세계적 권력체제 앞에서 인간실존의 불안함을 더할 수 없이 냉철하게 투시했기 때문이다.

  학생들에게 발표를 시키면 <변신>이 특히 인기를 끈다. 돈이며 가족이며 할 말이 엄청 많다. 그만하라고 해도 계속한다. 그만큼 그레고르의 고독에 공감하기 때문일 것이다. 취업이라는 지옥 전선에서 우왕좌왕하고 있는 이 시대의 청년들, 그 위로 그레고르의 고독한 모습이 겹친다.

2부. ❻

미셸 푸코 〈감시와 처벌〉

장희창의 고전 다시 읽기

감시카메라의 검은 유리알을 보면 이따금 연상되는 철학자 미셸 푸코. 그의 <감시와 처벌>은 19세기 이후 자본주의의 권력이 인간의 신체와 영혼을 감독하고 훈육시켰던 과정을 치밀하게 추적한 기록이다.

18세기 말, 왕조시대만 해도 군주 권력은 범법자들을 공공연하게 고문하고 공개 처형했다. 그러나 자본주의가 본격적으로 도래하면서 '왕 없는 권력'은 사회를 관리하고 통제할 새로운 기술로서 권력과 사법의 합리적 운영 체제를 도입했다. 예컨대 범법자를 고문하고 처형하는 신체형 대신 감옥에 수용하여 교화시키고 도로공사 등의 노역에 동원하는 식이다.

하지만 이로써 권력이 인간화되었다고 본다면 순진하다. 이 시대에 휴머니즘이라는 레테르를 붙이기도 하지만 그건 피상적인 관찰이다. 권력이 전략을 바꾸었을 뿐이기 때문이다. 개량주의자들의 법 개혁은 새로운 부르주아 계급의 이익을 지키기 위한 수단에 지나지 않았다. 그것은 생산력 발달과 부의 증대, 소유관계에 대한 맹종, 보다 엄격해진 감시수단 등 자본주의가 정착해 가는 과정의 필요조건일 뿐이었다. 인간의 자유를 발견한 근대 계몽주의 시대가 알고 보니 또한 규율을 발명한 시대였던 것이다.

자본의 보디가드, 즉 사법체계에 도전한 범법자들은 감옥에서 엄격한 일과표에 따라 움직이고 자동인형처럼 메커니즘의 육체로 길들었는데 그 수단이 바로 근대사회를 지배하는 권력 메커니즘인 '규율(discipline)'이다.

감옥의 죄수들을 다루는 이러한 규율의 기술은 병영, 병원, 공장, 학교 등의 소단위 권력체제를 통해 점차 확산되었고, 마침내 전 사회가 내면화된 감옥의 연속체가 되었다. 자본주의 체제를 떠받치는 튼튼한 기반이 이제 인간의 부드러운 두뇌 신경조직 위에 세워진 것이다.

비유하자면 규율은 촘촘하고 질긴, 권력의 그물망과도 같다. 그러므로 지식도 자율적이고 독립적인 단위일 수가 없다. 지식을 형성하는 조건들이 이미 권력관계 속에 뿌리박고 있기 때문이다. 중성적이거나 순수한 지식은 존재할 수 없고,

지식은 오로지 규율의 기술과 전략을 매개하는 단위일 뿐이다. 이러한 감시와 규율의 기술 중에서 대표적인 것이 19세기 초 제레미 벤담이 설계한 '팬옵티콘(원형감시장치)'이다. 중앙의 감시자는 독방을 볼 수 있지만, 독방에 감금된 자는 결코 감시자를 볼 수 없는 시선의 비대칭성이 이 장치의 핵심 원리이다.

이 체제에서 개인은 원자처럼 분리되었고, 타자와의 연결은 단절되었으며, 공동체의 연대의식은 분열되었다. 근대국가는 개인을 배제하지 않고 오히려 개인을 생산해 온 셈이다. 그러므로 근대 국가는 가장 개체주의적이면서 가장 전체주의적인 권력 형태이다.

그러나 치밀해진 감시기술들에도 불구하고 위법 사례는 오히려 늘어만 갔다. 자본주의 체제를 뒷받침하는 소유권에 관한 새로운 법률이 수많은 하층 계급들의 범죄를 유발했기 때문이다. 빈곤층은 아무리 발버둥 쳐도 가난과 감시의 그물망을 빠져나가지 못했다. 그러므로 감옥은 범행자들을 계속 만들어낸다는 점에서는 실패하고 있는 것이고, 자본주의의 체제를 유지한다는 점에서는 계속 성공하고 있는 셈이다. 이러한 권력의 전략으로 현대사회의 인간은 '합리적인 예속화'

의 길로 빠져들었다는 것이 푸코의 결론이다.

우리는 하나의 톱니바퀴 같은 존재이고, 우리 스스로가 이끌어가는 권력의 효과에 포위된 채 일망감시 장치 속에서 벗어나지 못하고 있다. 그 와중에 권력 지향적인 인간들은 권력의 중심을 차지하기 위해 으르렁거리며 서로 싸운다. 야수들의 울음처럼 불안하고 들끓어 오르는 이러한 감옥체제에서 인간의 주체성을 어떻게 확보할 것인가? 푸코는 행동으로 답했다. 저항의 움직임이 일렁이는 곳이면 언제나 그의 모습이 보였다. 권력시스템의 조밀한 네트워크 안에서 그는 살아 있는 하나의 저항점이고자 했다. 그 저항점들이 서로 만나 연대하는 것, 즉 깨어 있는 시민의 조직된 힘만이 합리적 예속화로부터 벗어나는 유일한 길이다. 저항점들이 사라진 곳의 운명은 물론 권력 짐승들의 지배하에 놓인 동물농장일 것이다.

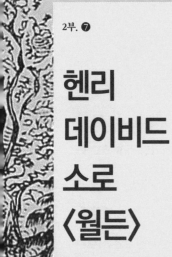

2부. **7**

헨리
데이비드
소로

〈월든〉

장희창의 고전 다시 읽기

자연 그 자체처럼 풍요롭고 야생의 기운으로 가득한 책, 헨리 데이비드 소로의 <월든>. 그는 하버드대를 나왔으나 출세의 길을 박차고 목공, 측량 등 육체노동으로 생계를 꾸리며 강연과 집필에 전념한 시대의 반항아였다. <월든>은 1845년부터 2년간 콩코드의 월든 호숫가에 오두막을 짓고 자립의 삶을 살았던 체험의 기록이다. 물질과 문명에 찌든 현대인의 삶을 가차 없이 내려치는 죽비와도 같은 책이다.

야인(野人) 소로는 숲속에서의 소박하고 단순한 삶, 자연과 인간이 하나로 만나는 영원의 순간들, 새소리, 바람소리, 내면의 소리들을 은유도 가감도 없이 그대로 들려준다. 호수의 주정꾼 개구리들, 자연의 귀염둥이 새와 들꿩, 어둠의 정령인 부엉이들, 사냥꾼에 쫓기는 여우의 모습들이 영화처럼 생생하다.

당시 미국의 자본주의는 무서운 기세로 뻗어 나갔다. 울창한 삼림이 베어져 나간 자리에 철로와 전선이 깔렸고, 공장이 곳곳에 들어섰다. 골드러시로 사람들은 서부로 몰려갔다. '더 많이 더 빨리!'가 당대의 구호였다. 더 많은 부, 더 안락한 삶의 추구는 사람들을 물질과 감각의 노예로 만들 것임이 뻔했다.

그가 보기에 철학 교수는 많지만, 대세에 맞서 온몸으로 실천하는 철학자는 드물었다. 영합과 순응은 철학자의 삶이 아니다. 삶의 방식을 송두리째 바꾸지 않고는, 국가와 천민자본주의라는 기계를 멈추는 데 한몫을 하긴 힘들다. 이 지점이 소로 사상의 핵심으로 보인다.

자선가들도 악의 근원을 꺾는 것이 아니라 악의 가지들만 치고 있다. 예컨대 가난한 사람에게 가장 많은 시간과 돈을 쓰는 사람이 어쩌면 그가 구하고자 하는 그 비참한 상황을 가장 열심히 만들어내는 자일지도 모른다. 그자는 노예 한 명을 판 수익금으로 다른 아홉 명의 노예들에게 일요일에만 자유를 주는 위선적인 노예 주인과 다를 바 없다. 의사당 앞에서 버젓이 남녀노소를 가축처럼 팔고 사는 국가에 세금을 낼 수는 없는 것이다.

그는 공자를 즐겨 인용하며, 청빈(淸貧)을 설파한다. 헌 옷 좀 입으면 어떤가. 사람이 새롭지 않은데 새 옷만 갈아입으면 무슨 소용이겠는가. 가장 부유한 인간이 가장 가난하다. 물신주의를 정면 돌파하는 그의 삶과 문장은 역발상(逆發想)의 기개로 넘친다.

거대한 건축물을 짓는 것보다는 자신 내면의 극지방을 탐험하는 것이 더 가치 있는 일이다. 강에 다리 하나를 덜 놓고 돌아가면 어떤가. 우리를 에워싼 무지의 심연 위로 다리 하나를 건설하는 게 더 낫지 않은가. 무지와 탐욕의 심연, 그 위를 건너게 할 다리는 <논어>의 한 구절이기도 하고 <바가바드 기타>의 한 문장이기도 하다. 그는 특히 동양의 고전을 탐독했고, 생활의 지침으로 삼았다.

"아침 바람은 영원토록 불고, 창조의 시는 중단되는 일이 없건만 그것을 알아듣는 이는 드물다." 자연이 인간 존재의 뿌리라는 이러한 깨달음은 사회적 실천의 투철함으로 이어질 수밖에 없다. 인간을 포함해 자연을 구성하는 존재들 사이의 상호 의존성과 공생 관계에 대한 섬세한 인식은 곧 겸손과 배려와 공생의 깨달음이기 때문이다. 그의 자연 인식은 지구를 바라보는 시각의 일대 전환이었으며, 현대 생태주의

적 인식의 단초이기도 했다.

그는 자연 속에 은둔한 자연주의자는 결코 아니었다. 당대의 화두였던 노예제에 극렬하게 반대했고, 실제로 흑인 노예의 탈출을 돕기도 했다. 조세 저항으로 감옥에 갇히기도 했다. 소로의 이러한 시민 불복종 정신은 당장에 정부를 바꾸지는 못했지만, 이후 많은 동지의 삶의 지표가 되었다. 톨스토이, 간디, 킹 목사, 넬슨 만델라, 그리고 함석헌이 그의 길을 갔던 것이다.

소로의 가치를 본격적으로 알아본 사람은 톨스토이였다. 그는 국가와 애국주의를 거부하는 소로를 찬양했다. 간디는 소로의 <시민의 불복종>을 늘 곁에 두고 읽었다. 비폭력 저항의 정신을 거기서 배웠던 것이다.

원체 단기필마의 기세라서 외로웠던 것일까? 소로가 <논어>의 한 구절을 인용한 것이 눈에 띈다.

"덕은 외롭지 않다. 반드시 이웃이 있다."

2부. **8**

토마스 모어
〈유토피아〉

장희창의 고전 다시 읽기

토마스 모어
'유토피아'

어디에도 없어 더욱
그리운 그곳

'어디에도 없는 곳'이란 뜻의 유토피아라는 말을 처음 만든 사람은 영국의 정치가이자 인문주의자인 토마스 모어(1478~1535)였다. 그의 <유토피아>는 아메리고 베스푸치와 함께 아메리카를 탐험했다는 가공의 인물 라파엘을 등장시켜, 그로부터 이상향인 유토피아에 대해 이야기를 듣는 대화 형식의 공상 소설이다.

당대의 유럽 정세는 정복전쟁으로 아수라장이었고, 민중들의 삶은 참담했다. 예컨대 '인클로저' 운동의 경우, 귀족과 지주들이 이윤이 많이 남는 양모 생산을 위해 경작지에 울타리를 쳐 사유지로 만듦으로써 농민들은 도시 빈민으로 전락하였다. '양들이 인간을 잡아먹는 꼴이었다.' 양을 거래하는 시장(市場)은 몇몇 부자에 의해 독점적으로 장악되었고 생계가 막막해진 빈민들은 절도와 범죄로 내몰렸다.

부자들은 개인적인 불의뿐만 아니라 공공의 입법권까지

동원하여 가난한 사람들의 보잘것없는 소득마저 갉아먹었다. 귀족계급이 별 건가. 주로 땅을 소유함으로써 몇 세대에 걸쳐 부자로 행세해 온 가문에 우연히 속했을 뿐이지 않은가.

모어가 역설과 유머와 냉소로 겨냥하는 것은 극단적으로 부가 편중된 사회의 부조리함이었다. 흉년은 악천후 때문에 일어나지만 그 참혹한 결과를 방지하지 못하는 것은 부자들의 탐욕 때문이었다. 부잣집 곳간을 뒤지면 빈민들이 먹고 견딜 만한 식량은 얼마든지 있었다. 모어는 무엇보다도 재화의 효율적인 배분에 고심했고, 끝내는 재화의 공유를 실현한 유토피아를 그려냈던 것이다. 라파엘은 자신이 5년 동안 살며 체험했다는 유토피아의 생활방식과 사회제도에 대해 모어에게 그림 그리듯 생생하게 들려준다.

초승달 모양의 섬나라인 유토피아는 54개의 도시로 이루어져 있다. 도시마다 공무원 200명이 선출되고, 그들이 시장을 뽑는다. 시장의 호칭인 '아데무스'는 다스릴 사람이 아무도 없는 자라는 뜻이다. 시장은 권력을 누리는 자가 아니라 제도를 관리하는 자라는 것이다. 시장도 일반 시민과 같은 옷을 입으며, 한 다발의 곡식을 들고 다니는 것으로 자신의 관직을 드러낸다.

유토피아에서 토지는 재산이 아닌 경작지일 뿐이다. 모든 시민은 일정 기간 농촌 생활을 함으로써 곡물의 안정적인 생산을 유지한다. 돈은 사용하지 않고, 물품은 상점에 요청하여 지급받는다. 거처할 집은 추첨으로 할당되며 10년마다 바꾼다. 하루에 6시간 노동을 하며 식사는 공동으로 하고 모든 시민은 같은 종류의 옷을 입는다. 최고의 쾌락은 건강이며, 점성술은 일종의 허풍으로 취급된다. 결혼하기 위해서는 후견인의 입회하에 신랑과 신부가 서로에게 벌거벗은 몸을 보여주어야 한다. 르네상스의 밝은 기운이 넘실거린다.

금과 은은 가치 있는 금속이 아니라 수치스러운 금속이며, 철이 더 유용한 금속으로 대접받는다. 희소가치라는 것은 실질가치와는 상관없는 어리석은 관념일 뿐이다. 그러므로 금과 은으로는 요강 같은 일상용품을 만든다. 노예들에게 금관을 씌우고 금목걸이와 귀걸이를 하게 한다. 하늘에 빛나는 별들이 저리도 많은데, 그 빛도 희미한 조그만 금속 덩어리에 미혹됨은 어리석다는 것이다.

보석들도 아이들이 가지고 노는 장난감에 불과하다. 그래서 외국의 사절들이 올 때 금은으로 장식하고 있으면 오히려 노예들이 왔다며 푸대접받는다. 아이들도, 엄마, 저 어른은 아직도 보석을 가지고 놀아요, 하고 우습게 본다.

스위스가 모든 국민에게 매달 300만 원 정도를 지급하는 기본소득안을 놓고 국민투표에 부칠 거라는 소식을 들으니 착잡하다. <유토피아>의 한 구절. "도둑을 교수형에 처하는 대신 모두에게 약간의 생계수단을 주는 게 더 낫다." 무려 500년 전의 인물인데도 그 목소리가 쟁쟁하게 들리는 듯하다. 기본소득의 보장은 인간에 대한 예의다.

대법관까지 지냈던 모어는 죽음 앞에서 의연했다. 헨리 8세의 폭정에 반대했다가 교수형에 처해진 모어는 사형 집행관에게 이렇게 말했다고 전해진다. "내 목은 짧으니 조심해서 자르게." 만민평등의 이상을 위해 혼신의 힘을 다했던 르네상스 시대 지식인의 옹골찬 기백이다.

© Eugenio Mazzone

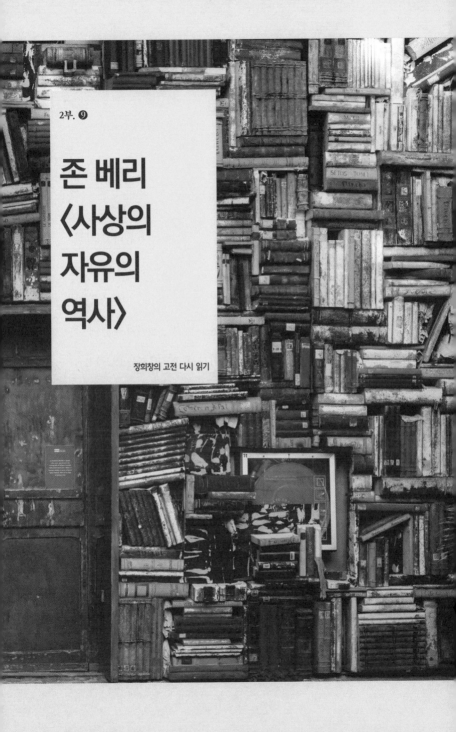

2부. ⑨

존 베리
〈사상의
자유의
역사〉

장희창의 고전 다시 읽기

존 베리
'사상의 자유의
역사'

사상의 자유는
피를 먹고 자란다

흔히들 생각은 자유라고 말한다. 하지만 자유는 자연적인 권리가 아니었다. 다시 말해 사상의 자유는 하루아침에 주어진 것이 아니었다. 그리스 로마 시대 때부터 자유의 사상가들은 억압적인 권위와 독단에 줄기차게 맞서왔다. 영국의 역사학자 존 베리(1861~1927)의 <사상의 자유의 역사>는 권력의 잔인함과 민중의 몽매함을 뚫고 자유정신이 고군분투 전진했던 과정을 끈질기게 추적한 명저다. 슬프고도 장엄한 장면들의 연속이다.

그리스 로마 시대는 온갖 종교에 관용적이었다. 예컨대 2대 황제 티베리우스(B.C 42년~A.D 37년 / 재위는 B.C 14년~37년)는 "신들이 모욕당하면 그 신들이 알아서 하도록 놔두라."라고 말할 정도였다. 사상과 토론의 자유가 마음껏 보장되던 시대였다. 그리스 시대의 소피스트들은 궤변가가 아니라 자유의 사상가들이었으며, 소크라테스의 죽음은 법에 대한 개인적 양심의 우월성을 보여준 상징적인 사건이었다.

다만 로마 시대에 기독교만은 박해를 받았는데, 그것은 기독교가 제국 내 다른 종교에 대해 유달리 적대적인 입장을 고수했기 때문이었다. 기독교의 이러한 배타주의는 이후 기독교가 권력을 쥐게 되면서 더욱 굳어졌다. 콘스탄티누스 황제가 기독교를 관용하고(313년) 로마의 국교로 받아들이면서부터 이성이 속박되고 사상이 노예화되며 지식이 전혀 진보를 이루지 못한 1천 년이 시작되었던 것이다. 양심의 자유를 위해 순교를 마다하지 않았던 기독교가 로마를 접수하고 나서는 곧바로 이교(異敎)는 물론 같은 기독교의 다른 교파에 대해서마저 불관용의 태도를 고수했던 것은 역사적 사실이다.

16세기 종교개혁도 불관용이라는 점에서는 별로 나아지지 않았다. 종교개혁은 중세의 암흑을 걷어내고 종교의 자유를 얻어낸 일대 사건으로 알고 있지만 실은 그렇지 않다. 다른 교리에 대한 관용이라는 생각은 종교개혁 지도자들의 안중에도 없었다. 권력을 배후에 두게 된 루터마저 "참된 교리를 강제하고 이단을 근절하는 것은 국가의 의무다."라고까지 말했던 것이다. 칼뱅의 불관용 정책은 악명 높았다.

그러나 종교개혁은 본의 아니게 자유의 대의에 기여했다. 기독교가 신교와 구교로 크게 분열됨으로써 교회의 권위가 전반적으로 약화되었던 것이다. 더군다나 대중의 관심이 성서에 쏠리기 시작하자 계시의 교리가 갖는 난점들이 인식되어 성서는 철저하게 해부되었으며, 적어도 지성적인 신자들이 보기에 그 권위는 변질되고 말았다.

이후 영국의 밀턴과 존 로크, 프랑스의 몽테뉴와 볼테르, 루소와 미라보 등으로 이어지는 이성의 자유를 위한 처절한 투쟁의 역사는 잘 알려져 있다. 밀턴은 <아레오파기티카>에서 검열 없는 출판의 자유를 옹호했고, 존 로크는 <관용에 관한 편지>에서 영혼을 돌보는 일은 타인에게 위임될 수 없다고 못 박음으로써 사상의 자유를 시민권으로 확립했다. 신성모독자로 불렸던 볼테르는 <광신주의자의 무덤>에서 종교를 아무 성찰 없이 받아들이는 사람은 멍에를 쓰고도 가만히 있는 소와 같다고 비판했다.

볼테르의 친구였고, 독일에서의 종교적 자유에 크게 기여했던 프리드리히 대제는 종교 정책을 다룬 공문서의 여백에 "사람은 누구나 자신의 방식으로 천국에 이르도록 노력해야 한다."고 써놓기도 했다. 이신론(理神論)적 신념을 담았던 루소의 <에밀>은 불태워졌으며, 그 자신에겐 체포령이 내려졌다.

그러나 이러한 투쟁들에 대한 교회의 탄압은 역설적이게도 교회를 개혁으로 이끌어갔다. 교회를 비판했던 자유의 투사들이 내걸었던 관대한 도덕관념의 영향권 내로 기독교 교회들이 차츰 동화되어 갔던 것이다.

오늘날 우리는 사상의 자유를 당연하게 여긴다. 그러나 보다시피 이러한 시민적 권리는 오랜 역사 속에서 비교적 최근에 획득한 것이며, 그것을 위해 수많은 사람이 '유혈의 호수'를 건너야만 했던 것이다.

우리의 형편은 어떤가. 1987년 6월 항쟁의 결과로 성립한 현행 헌법에도 사상의 자유는 명시되어 있지 않다. 정의와 양심 그리고 부끄러움과는 별로 상관없는 한국의 법정은 그동안 수많은 자유의 투사들을 탄압한 현장이었다. 갈 길은 멀다.

2부. ⑩

크로포트킨 〈만물은 서로 돕는다〉

장희창의 고전 다시 읽기

크로포트킨
'만물은 서로
돕는다'

상호부조와 공생은
자연의 법칙

<종의 기원> 이래로 생존경쟁은 자연의 법칙이나 상식인 것처럼 여겨지고 있다. 하지만 생존경쟁 또는 자연선택의 개념이 다윈의 '천박한 아류들'에 의해 왜곡되고 좁혀졌다는 반론 또한 만만치 않다. 모스크바 출신의 혁명가이자 아나키스트인 표토르 알렉세예비치 크로포트킨(1842~1921)도 그중 한 사람이다. 아나키즘에 생물학적 토대를 마련한 명저로 평가받는 <만물은 서로 돕는다>(원제는 상호부조론)에서 그는 상호투쟁뿐만 아니라 상호부조도 진화의 한 요인임을 치밀하게 입증해 나간다.

다윈도 인정하듯이 '사회성'이나 '연대'는 원래 인간에 의해 창조된 것이 아니라 인간보다 먼저 존재해왔다. 앳된 얼굴을 가진 티티원숭이들은 비가 오면 오들오들 떨고 있는 동료의 목을 자신들의 꼬리로 감싸주며 서로 보호한다. 사냥꾼들에 의해 죽은 원숭이의 사체를 동료 원숭이들이 도로 빼앗으려

고 거세게 저항하는 경우도 있다. 그런 장면을 목격한 사냥꾼들은 이후에 다시는 원숭이들을 향해 총을 겨눌 수 없었다고 한다. 비버들은 강에서 수가 불어나면 두 무리로 나뉘어 늙은것들은 강 아래로 가고 어린 것들은 강 위로 올라감으로써 동종 간의 경쟁을 피한다. 공존 공생의 지혜로운 대응이다.

연대의 정신은 일종의 정의감이기도 하다. 제비는 지난해에 지었거나 수리했던 각자의 둥지로 돌아오는데, 어떤 게으른 제비가 동료가 짓고 있는 둥지를 가로챌 기미를 보이거나 그 둥지에서 몇 가닥의 짚이라도 훔치면 무리들은 이 게으른 동료에게 간섭을 한다.

우리가 주변인으로 여기는 종족들에게서 이러한 상호부조의 정신이 소위 '문명인'들의 경우보다 더 생생하게 살아있는 경우가 허다하다. 예컨대 에스키모들은 사냥이나 낚시를 해서 얻은 것을 모두 씨족의 소유로 여긴다. 아프리카의 호텐토트인은 아무리 배가 고파도 혼자 먹지 않고 지나가는 사람을 불러 음식을 함께 나눈다. 그야말로 밥상공동체다.

이러한 연대 정신이 전형적으로 표출되었던 것 중 하나가 중세의 자유도시다. 10~11세기에 '봉건제도의 숲 사이에 존재하는 오아시스'와도 같은 요새화된 마을이나 장터 등은 영주의 속박에서 벗어나 서서히 미래의 도시 조직을 형성해가고 있었다. 그중에서도 가장 중요한 것이 길드 조직이었다. 모든 사람이 길드 내에서는 평등했고, 모든 직업마다 길드가 조직되었다. 심지어는 미망인 사이에도 길드가 조직되었다.

이러한 길드는 자치사법권과 상호 지원이라는 이중의 원리를 바탕으로 조직되었고, 이후 국가가 관료나 경찰 제도를 통해 독점했던 기능들을 구현하고 있었다. 그러나 인간적이고 형제애적인 유대가 그 근간이었다는 점에서 국가 조직과는 달랐다. 저자는 이러한 연대 정신이 근대국가 성립 이후 오히려 미약해져 가고 있음을 통탄한다. 새로 등장한 국가가 길드를 비롯한 촌락공동체의 순기능을 흡수해버림으로써 필연적으로 방종하고 편협한 개인주의가 만연하게 되었다는 것이다. 그렇다면 국가라는 건 도대체 친구인가 적인가. 아나키스트로서는 당연한 질문이다.

1차 세계대전 동안 이 책의 머리말을 새로 써야 했던 저자는 고통과 참담함 속에서도 인간의 건설적인 힘에 대한 희망의 끈을 놓지 않는다. 독일과 오스트리아의 전쟁포로들이 지친 모습으로 걸어가고 있을 때, 러시아의 농촌 여인들이 그들의 손에 빵이나 사과를 쥐여주는 장면을 실감 나게 묘사하기도 한다. 요컨대 인간의 역사는 피비린내 나는 약육강식과 무자비한 경쟁의 역사라기보다는 온갖 악조건 속에서도 구성원들을 최대한 보호하고 공존케 하는 지혜로운 장치들을 만들어온 역사라는 것이다.

일부 사람이 싸우고 있는 동안 대부분의 대중은 평화롭게 노역에 종사하고 있었는데도, 연대기 편집자들은 왜 대중들의 삶에 아무 관심도 기울이지 않았을까? 그는 이렇게 답한다. "거의 모든 역사 문헌들은 평화 그 자체는 다루지 않고 평화의 침해만을 다루었다."

진정 우리 사회가 제비나 비버보다, 에스키모나 호텐토트보다 열등한 집단이 아니라면, 세월호 참사의 진실을 밝혀달라는 저 유가족의 절절한 호소에 귀 기울여야 할 것이다. 무지와 망각은 연대와 공동체의 적이며 결국 민주주의의 함정이다.

아이소포스 〈이솝 우화〉

장희창의 고전 다시 읽기

아이소포스
'이솝 우화'

풍자의 기백은
자유를 향한 열망

풍자문학의 백미로 꼽히는 <이솝우화>는 친숙한 책이지만, 자칫하면 약육강식의 세상에서 살아남는 처세술로 잘못 읽을 수도 있다. 풍자의 잽과 어퍼컷이 어디를 향하는지 세심하게 살펴야 한다. 풍자는 무엇보다도 사회의 이원적 모순 구조가 심화되었을 때 흔히 나타나는 문학 양식이다.

예컨대 박지원의 <허생전> 같은 작품은 한 부자가 매점매석을 하자, 나라 전체가 잔치도 제사도 지내지 못하는 과정을 조롱함으로써 빈부 격차 등 당대 조정의 무능한 통치 능력을 풍자한 것이다.

정의롭지 못한 세상에 대한 조롱은 주로 하층계급이 상층계급을 비판하기 위한 수단이었다. <시경>에 나오는 "하(下)로써 상(上)을 풍자(諷刺)한다."라는 말은 풍자문학의 핵심을 가리키는 것이다.

이솝은 노예 출신이었지만 명철한 지혜의 소유자였다. 약육강식의 현실을 냉철하게 투시한다. 그렇다고 강자 편에 줄서라고 한 것은 결코 아니었다. 강자의 오만과 탐욕, 약자의 비겁함과 어리석음을 동시에 조롱하고 있다. 그물에 걸린 사자도 생쥐의 도움으로 위기에서 벗어나고, 코끼리도 미물인 모기의 공격에는 취약하다.

반면에 약자들은 뭉치고 각성해야만 살아남을 수 있다. 그런데도 야음을 틈타 습격하는 고양이에 맞서 쥐들은 회의만 거듭한다. 아무도 고양이 목에 방울을 매달 용기를 내지 못하고는 차례대로 다 잡아먹히고 만다. 약자들의 비겁함과 우매함에 대한 통렬한 풍자다.

탐욕과 어리석음의 생생한 사례들이 만화경처럼 펼쳐져 있다. 고깃덩이를 물고 가다가 개울에 비친 자기 모습을 보고 으르렁거리는 순간 자기 입의 고기마저 놓쳐버리는 장면은 만족을 모르는 인간 욕심의 허무함을 실감 나게 보여준다.

깜찍한 이야기들이 곳곳에 포진하고 있다.

헤라클레스가 신의 반열에 올라 제우스의 식탁에서 신들과 밥을 먹게 되었다. 신참이라 고참 신들에게 일일이 공손하게 인사를 했는데 유독 부(富)의 신인 플루토스에게만은 불손하게 굴며 그냥 돌아섰다. 제우스가 이상하게 여겨 이유를 묻자 헤라클레스가 대답한다. "제가 그를 외면하는 까닭은 제가 사람들 사이에 있을 때 보니 그는 주로 사악한 자들과 함께 있었기 때문입니다." 사악한 자들과 돈의 친연관계를 꿰뚫어보며 일소(一笑)에 부치는, 기백 넘치는 장면이다.

또 다른 발랄한 이야기. 독수리한테 쫓기던 토끼가 나뭇잎으로 덮인 쇠똥구리의 집으로 피신해 숨겨 달라고 한다. 그렇게 하라고 허락했는데 독수리가 나뭇잎을 들추어 토끼를 움켜쥐자, 쇠똥구리가 말한다. "그자는 내 손님이다. 내려놓아라." 독수리는 같잖게 여기며 토끼를 채어 둥지로 가서 먹어버렸다. 다음 날 독수리가 사냥을 나가자 쇠똥구리는 둥지에 있던 독수리 알을 하나하나 굴려 떨어뜨려 복수를 한다. 새로 낳은 알들이 자꾸 사라지자 독수리는 공포에 질려 마지막 알을 제우스신한테로 가 맡기지만, 거기까지 쫓아간 쇠똥구리는 틈을 봐 그 알마저 깨뜨려버린다.

귀엽고 당당한 쇠똥구리. 정의를 위해서라면 물불 가리지 않는 꼬마 돈키호테인 셈이다. 자기를 찾아온 손님에 대한 환대를 이보다 더 간명하게 표현할 수는 없을 것이다. 낯선 이를 존중할 줄 모르는 자가 이웃을 존중할 리는 만무하다.

노예해방 운동을 이끌었던 링컨 대통령이 노예 출신이었던 이솝의 이야기에 깊이 감응했던 것도 우연의 일치는 아닐 것이다. 링컨은 <이솝우화>를 늘 머리맡에 두고 읽었다고 한다. 이솝 이야기에는 무엇보다도 자유를 향한 솟구치는 그리움이 바닥에 깔려 있다. 굶주림을 감수하면서도 개의 목 사슬을 거부하는 늑대 이야기가 대표적이다. 자유를 박탈당한 연명의 삶은 노예의 삶일 뿐이다. 궁핍한 시대에 가난은 부끄러움이 아니라 당당함이다.

다른 곳도 아닌 법정 안에서 뱀에게 새끼를 잃은 어미 제비의 슬픔을 그린 이야기도 있다. 피해자나 약자에게 도움을 주어 마땅한 재판정에서 뻔히 눈뜬 채 당하는 어미 제비의 심경은 곧 세월호 참사에 자식을 잃은 부모의 심경이다. 정의 없는 재판정, 아이들의 생목숨마저 보호하지 못하는 정부. 도대체 왜 있는 것인가.

2부. ⑫

안나 제거스 〈약자들의 힘〉

장희창의 고전 다시 읽기

안나 제거스
'약자들의 힘'

세상 모든 사람이
역사를 만든다

2차 대전 후 독일이 동과 서로 갈라졌을 때, 히틀러에 적극적으로 저항했던 다수의 진보적인 작가들은 동독으로 넘어갔다. 신생 동독을 만인 평등의 유토피아를 세울 실험 무대로 보았던 것이다. 동독 국가(國歌)는 유달리 우렁찼다. 지금은 사라진 국가가 되었지만, 건국 초기 기개만은 독일 역사의 저류에서 도도히 흐르고 있을 것임을 확신한다.

허상과 우상을 깨부수고 실상을 직시하기 위해 소외효과와 서사극을 도입함으로써 현대연극의 커다란 물줄기를 이루었던 베르톨트 브레히트도 그런 작가 중 하나이다. <독서하는 노동자의 질문>이라는 그의 시를 보자. "청년 알렉산더는 인도를 정복했지. / 그는 혼자였던가? / 시저는 갈리아 사람들을 무찔렀지. / 그의 옆에 요리사는 없었던가? / 책장을 넘길 때마다 등장하는 승리. / 그런데 누가 승리자들의 연회를 위해 요리를 만들었던가?"

과연 역사는 강자와 승리자만의 것인가를 화두로 던지고 있다. 요리사는 얼마든지 교체할 수 있지만 알렉산더와 시저는 유일무이한 존재란 말인가. 그렇지 않다. 명저 <역사란 무엇인가>의 저자 E.H 카의 관점에서 보자면 나폴레옹도 비스마르크도 기존 세력의 등에 업힌 우연의 존재일 따름이다.

브레히트가 보기에 기존의 역사 문헌들은 군주와 왕조의 이름만을 나열한 왕들의 목록에 지나지 않는다. 작금에 우리 사회의 민주화 과정을 경멸하고, 독재자들을 영웅시하며 역사를 되돌리려는 세력들이 어디를 보고 있는가는 불문가지이다. 다시 왕조시대, 전체주의 시대로 돌아가자는 것이다.

안나 제거스도 브레히트와 마찬가지로 동독을 택한 대표적인 작가다. 동독의 작가동맹 의장으로서 동독 문단을 오랫동안 좌지우지했던 그녀의 <약자들의 힘>은 역사의 주체는 누구인가 하는 문제를 제기한 단편 모음집으로, 동독이 자기 체제의 우월성을 옹호할 때 자랑스럽게 내세웠던 작품이다.

첫 번째 이야기인 '어머니'는 스페인 해방전쟁에 참여했다가 전사한 아들의 뒤를 이어 종군하는 어머니의 이야기다.

노동 운동의 과정에서 분신으로 저항했던 전태일을 아들로 두었던 이소선 여사의 이야기가 아닌가. 아들의 고통이 곧바로 자신의 고통이 되는 어머니의 지순한 애정은 국경을 초월하여 동일한 것이며, 자식의 뜻을 이어받고 종내에는 이 사회의 거대한 모순구조를 온몸으로 깨쳐 투사가 된 민주화실천 가족운동협의회 어머니들의 삶이 곧 작품 속 슈바이게르트 부인의 삶이다.

또 다른 이야기인 '대결'은 전후 복구 과정에서 히틀러 체제에 저항했던 혁명가들과 폭력에 굴종했던 테크노크라트들 사이의 대결을 묘사한 것이다. 해방 후 독재정권 하에서 알량한 행정 경험을 앞세운 일제의 잔재 세력들이 다시 살아남아 발호하고 있는 우리의 현실과도 별반 다를 게 없다.

2차 대전 중 탈영한 독일 병사를 숨겨준 착하고 용감한 처녀 이야기, 에티오피아를 침공한 이탈리아 정복자들을 험준한 산으로 유인하여 함정에 빠뜨리는 소년의 이야기 등 안나 제거스는 말없이 행동했던 인간들, 어떠한 역사도 기록으로 남기지 않은 민중들의 저항을 기록하고 있다.

'약자'들의 '힘'이란 표현은 모순어법이다. 그러나 모순에 대한 깨달음은 행동과 실천의 전제조건이다. 안나 제거스는 그 모순에 내재된 미세한 힘들의 꿈틀거림에서 희망의 근거를, 역사 발전의 향방을 모색하고 있는 것이다. 강자도 약자도 역사 발전의 동등한 주체다. 안나 제거스는 이렇게 설파한다. "이름 없이 사라져간 사람들의 이름을 우리가 항상 떠올리지 않는다면, 우리의 자유가 무슨 의미가 있겠는가? 지금 말할 수 있고 글을 쓸 수 있는 우리가 말이다."

만인 평등의 이상을 획일적인 전체주의 체제로 타락시켜버렸던 사회주의 진영은 이제 사라졌다. 그러나 인간의 자유를 자본의 자유로 대체시켜버린 자본주의 사회는 얼핏 승리한 듯 보였으나, 미증유의 불평등이라는 참혹한 지옥을 지상에서 만들어내고 있다. <약자들의 힘>은 독일의 저항적 지식인들을 동독 땅으로 이끌었던 평등 사회의 이념이 오늘 우리에게 무슨 의미인지를 다시금 생각하게 한다.

3부.
배우고
때때로
실천하면
기쁘지
아니한가

공자 • 〈논어〉 배우고 '실천'하면 기쁘지 아니한가

이지 • 〈분서〉 속과 겉 다른 위선의 학문을 걷어차다

작자미상 • 〈춘향전〉 중심 향한 갈구, 서울공화국 '어른어른'

허균 • 〈홍길동전〉 '백성이 주인' 민본주의 사상의 걸작

정약용 • 〈목민심서〉 미문에 녹아 있는 절절한 애민 정신

박지원 • 〈열하일기〉 당대 봉건체제에 대한 저항의 몸짓, '우상 파괴자' 연암.

김만중 • 〈구운몽〉 불평등 세상 뒤흔드는 불온한 시선

공자
〈논어〉

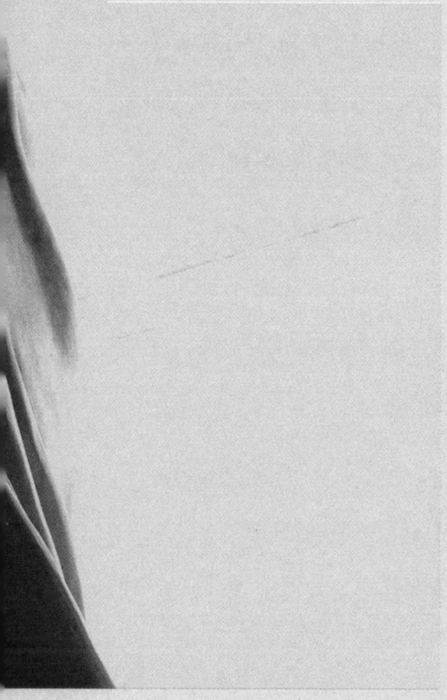

공자 '논어'

배우고 '실천'하면
기쁘지 아니한가

언제 펼쳐도 넉넉하게 우리를 받아주는 책, <논어>의 첫 구절. "배우고 때때로 익히면 기쁘지 아니한가. 벗이 있어 먼 곳에서 찾아오니 또한 즐겁지 않은가. 남이 나를 알아주지 않아도 원망하지 않으니 이 또한 군자가 아닌가." 더 나은 세상을 위한 고군분투, 인간의 도리를 다하고 천명을 기다리는 자의 담담한 마음가짐이다.

다만 첫 문장의 '익히면'이라는 표현이 늘 마음에 걸렸다. 배우면 됐지 그걸 왜 또 익힌다(習)는 것인가. 배우고 또 달달 외워 대학 입시나 고시 합격에 써먹으니 기쁘단 말인가. 우리에게 공부란 대개 이런 틀 안에서 맴돌고 있는 게 아닐까. 이런 생각이 들곤 했다.

나중에 독일어판 <논어>를 보았더니 그 첫 문장이 "배우고 때때로 실천하면 기쁘지 아니한가."로 번역되어 있었다. 영어판도 마찬가지였다. 홀연 안개가 걷히는 느낌. 습(習)을 '

실천'으로 옮겨놓고 보니 그 뒤의 문장들도 더 일목요연하게 보인다. 국내의 번역서들은 하나같이 '습'을 익힘으로 옮겨놓았다. 관행이란 질긴 것이다. 문제가 있다고 본다.

<논어>는 지행합일의 메시지로 가득하다. 첫 구절에 곧이어, 행실이 반듯하면 배움이 없어도 배운 자라는 말을 비롯한 이후 문장들도 실천에 방점을 찍고 있다. 당대의 은둔주의자들이 공자의 수모를 무릅쓴 현실 참여 의지를 비판하자, 공자는 답한다. 천하에 도가 있다면 내가 왜 바꾸는 일에 참여하겠는가.

공자가 많은 제자 중에서 안회를 가장 높이 평가했던 것도 같은 맥락이다. 알려주면 실천하는 것을 게을리하지 않는 자는 안회라고 하며 공자는 그를 자신의 친구로 부르기까지 한다. 그 애제자가 먼저 죽자 공자는 하늘이 나를 버리신다며 애통해했다.

안회는 한 통의 대나무 밥과 한 바가지의 물만으로 누추한 골목에 살면서도 근심하지 않은 인간이다. 공자는 말한다. "나라에 도가 있는데 가난하고 천한 것은 부끄러운 일이고, 나라에 도가 없는데도 부유하고 귀한 것 또한 부끄러운 일이다." 이론과 실천, 이상과 현실 사이의 고통스러운 괴리, 그

앞에서의 당당한 처신을 명쾌하게 보여주는 발언이다. <월든>의 저자 헨리 데이비드 소로가 '시민의 불복종'에서 부당한 국가권력에 대한 저항의 논거로 이 구절을 인용하기도 했다.

공자가 생존했던 시기는 철학자 야스퍼스의 말을 빌리자면 '축(軸)의 시대'였다. 비슷한 시기에 공자, 붓다, 예레미야, 맹자, 에우리피데스, 플라톤 등 사유의 천재들이 한꺼번에 나타나 약육강식 정복전쟁의 시대, 폭력과 두려움과 삶의 공허에 직면했던 당대인들에게 공감과 자비의 정신을 설파했던 것이다. 공감과 자비는 <논어>의 핵심 메시지이다.

인간의 인간다움은 인(仁), 즉 사랑하는 마음이며, 그 인의 실천 방식은 충(忠)과 서(恕)이다. 충은 사랑하는 대상에 대해 꿋꿋하게 의리를 지키는 것이며, 서는 사랑하는 사람을 그 사람의 입장에서 부드럽게 안아주는 것이다. 그리고 이것을 온몸으로 실천하는 것이 군자의 삶이다.

공자 왈. "뜻 있는 선비와 인(仁)한 사람은 삶에 연연하여 인을 손상하지 않으며, 제 몸을 희생해서라도 인을 이룬다." 나는 이 구절을 이렇게 풀이한다. "배우고 익히기만 하면 노예가 되고, 배우고 실천하면 세상을 바꾸는 주인이 된다."

지원금을 미끼로 현재 난폭하게 진행되고 있는 대학 구조조정은 이 시대의 인문학을 빈사 상태로 몰아넣고 있다. 대학들은 지원금 확보를 위해 인문대와 예술대의 유서 깊은 학과들을 경쟁하듯 폐과시키고 있다. 대학의 주체들은 주인의식도 없이 각자도생의 길을 갈 뿐이다. 더 가난하게 더 꿋꿋하게 버틸 각오를 하지 않는다면, 무한경쟁의 불길 한가운데서 연대를 논하는 인문정신의 소멸은 기정사실이 되고 만다.

더 의로운 세상에 대한 간절한 그리움을 시인 공자는 이렇게 토로하기도 했다. "그리워하지 않는 것일 테지. 무엇이 멀리 있단 말인가?" 아름답고 진솔한 문장은 거대한 건축물보다 더 강력하고 더 오래 간다.

3부. ❷

이지
〈분서〉

장희창의 고전 다시 읽기

이지
'분서'

속과 겉 다른 위선의
학문을 걷어차다

잠시 떠올리기만 해도 벌떡 일어나 앉게 만드는 인물도 있다. 명나라 말기의 양명학자 이지(호는 탁오•1527~1602)가 그 주인공이다. 76세의 나이에 유학자들의 탄핵을 받아 감옥에 갇혔다가 자살로 생을 마감한 시대의 이단아 이탁오는 <분서>(焚書)에서 이렇게 고백한다. "나이 오십 전까지 나는 정말 한 마리 개와 같았다. 앞의 개가 그림자를 보고 짖어 대자 나도 멋모르고 덩달아 짖어 대었을 뿐이다."

성인의 가르침이라고 해서 지당한 진리로 알고 따랐는데 알고 보니 부화뇌동의 삶에 지나지 않았다는 깨달음이다. 이는 냉철한 자기반성이지만, 또한 정통 유학에 대한 비판이기도 하다. 경전의 전통적 주석에도 인의예지에도 공자에도 매달리지 말고 최초 일념의 본심인 동심(童心)으로 돌아가라는 것이다. 껍데기를 버리고 알맹이를 구하며, 허황된 이치를 버리고 참다운 인정(人情)을 추구하라는 말이다. 유학사에서 보자면 주자학에 대한 양명학의 도전이 본격적으로 전개되는 국면이었다.

지행합일의 사상가 왕양명은 행동과 실천을 중시했다. 오륜을 부정하고 붕우유신의 횡적 관계만을 인정했으며, 사농공상을 동일시했다. 한마디로 인간 평등이 그 핵심적인 가치관이다. 양명학은 인욕(人慾)과 사(私)의 현실도 인정하지만, 군주가 아니라 백성을 근본으로 본다. 이탁오는 그런 양명학의 원리를 더욱 일관되게 밀고 나갔다.

그는 당대 유학자들의 무위도식과 공리공론을 가차 없이 질책했다. "지금의 주자학자들은 죽일 놈들이다. 그들은 하나같이 도덕을 입에 담고 있으나 마음은 고관에 있고 뜻은 거부(巨富)에 있다. 겉으로는 도학을 한다 하나 속으로는 부귀를 일삼으며 행동은 개, 돼지와 같다."

인의예지의 허울을 벗어난 '동심'의 세계에는 신분의 고하도 남녀의 구분도 있을 수 없다. "남자와 여자의 차이가 있다는 것은 말이 되지만, 식견에 있어서 남자와 여자의 차이가 있겠는가? 여자가 남성보다 열등한 것은 그들이 집안에서 여자를 교육시키지 않았기 때문이다." 실제로도 그는 사대부의 딸과 부녀자들에게 글을 가르치고 남녀를 동석시켜 강의를 했다. 유학자가 사찰에 드나드는 것만 해도 날벼락이 떨어질 시대에 절간에 학당을 열고 남녀 제자를 불러 가르친 것이다. 왕고참 페미니스트. 거의 비슷한 시대에 살았던 조선의 허균도 그의 사상적 동지였다.

'동심'을 거론하지만, 그는 결코 천진난만한 평화주의자는 아니었다. "무기가 없으면 식량이 있을 수 없다. 무기라는 것은 살상에 사용되는 것이어서 악명을 얻고 있지만, 무기가 없으면 스스로를 지킬 수 없으니 무기는 사실은 좋은 것이다." 투명한 현실 투시는 동심의 또 다른 얼굴이다. 마키아벨리를 방불케 하는 냉철한 리얼리스트다.

주위 사람들과 주고받은 편지를 묶은 <분서>는 솔직하고 인간적인 고백들로 가득하다. "나에게 허물이 있는 것을 근심하지 않고 나의 허물이 드러나지 않을 것을 근심합니다." 얼마나 매력적인 인물인가. 가족들의 생계를 위해 말단 관직에 있어야 했던 심경도 토로한다. 50대 후반에 벼슬살이를 그만둔 그는 죽을 때까지 맹렬하게 학문에만 정진했다.

그는 무엇보다도 의인과 협객을 존중했다. 이탁오의 친구가 그를 묘사한 장면. "생사를 걸고 우정을 주고받는 그들의 행적을 읽을 때면 손가락을 깨물고 책상을 내리쳤고, 소매를 떨치고 일어나 눈물을 줄줄 흘리며 스스로도 주체하지 못하고 통곡하곤 했다."

그가 말하는 공부란? 다시 그의 말을 들어보자. "공자의 도(道) 중에서 어려운 것은 천하를 집으로 삼으면서도 집을 가지지 않는 것에 있고, 집이니 전답을 천명(天命)으로 삼지 않고 많은 현인을 천명으로 삼은 것에 있다."

작금에 검사 출신의 최고위 공직자가 처가를 위해 거액의 부동산 거래에 개입하고, 또 어떤 전직 검사는 전관예우로 떼돈을 챙겨 부동산 백 수십여 채를 사들였다는 괴상망측한 소리도 들린다. 집과 전답이 그들의 천명인 것이다. 천박하고 가련하다.

이탁오는 도를 추구하는 심경을 극도의 굶주림에 비교했다. 그런 간절함이 있기에 세상이 이나마 유지되는 것이다.

춘향전도(春香傳圖)

3부. ❸

〈춘향전〉

장희창의 고전 다시 읽기

'춘향전'

중심 향한 갈구,
서울공화국 '어른어른

춘향은 우리에게 열녀의 대명사이다. 춘향은 이미 '신화'에 갇힌 존재이다. 그 신화의 정체를 캐묻고 해체하여 새롭게 보는 것, 춘향을 지금 여기 살아 꿈틀거리는 인물로 되살려 그 욕망과 고통에 귀를 기울이는 것, 그것이 생생하게 살아 있는 독서의 현장이다.

춘향과 이도령이 처음 만난 날. 이도령은 월매에게 춘향을 만나도 되느냐고 미리 물어본다. 월매는 이 양반집 도령에게 춘향을 버리지 않겠다는 다짐을 받고 만남을 허락한다. 주안상까지 차려 이도령을 받아들인다. 아무리 봐도 열여섯 청춘 남녀의 가슴 떨리는 첫 만남이라기보다는, 노회한 사대부와 영악한 기생 사이의 거래다. 판본에 따라서는 월매의 속셈을 좀 더 노골적으로 표현하기도 한다. 춘향 어미도 음험한 구석이 있어 속으로 딴마음을 품고 이도령을 들어오게 한다. 신분 상승을 위한 절호의 기회로 본 것이다.

뜨거운 사랑의 날들도 끝나고 갑작스러운 이별의 순간이 닥친다. 춘향도 애초부터 정실부인이 될 생각은 없었다. 큰댁 가까이에 방이나 얻어 달라고 하며, 이도령을 따라가려 하지만 그마저도 불가능하다. 도련님께 의탁하여 부귀영화 누리려 했더니 허사 되었다고 한탄한다. 속물기 있는 춘향이가 오히려 인간적이다. 이도령을 탓하는 월매에게 우리 모녀 평생 신세 도련님 손에 달렸다며 말린다. 이도령은 장원급제하여 너를 데리러 오겠노라고 말하고는 남원 땅을 떠난다.

춘향에게 수청을 요구했다 거절당한 변학도. 기생에게 무슨 지조가 있느냐고 호통치자, 춘향은 진주의 논개를 보라며 되받아친다. 이런 논리라면 논개 아닌 다른 기생은 어쩌란 말인가. 춘향의 수절은 인간을 양반과 상민으로 나누는 봉건체제 내에서 상위권에 편입되기 위한 애절한 몸부림으로 보이기도 한다. 월매가 상민의 착한 남자를 만나 행복하게 살라고 권하기도 했지만, 춘향은 양반의 첩이 되는 길을 택했던 것이다.

춘향이 고수하려 했던 열녀 이데올로기는 조선이라는 봉건체제가 가하는 폭력의 또 다른 얼굴일 따름이다. 변학도의 기생에 대한 수청 강요나 양반 부녀자에 대한 정절 요구는 같은 폭력의 두 얼굴이다. 변학도가 보기에 춘향의 정절은 개인의 자유에 속한 것이라기보다는 체제의 소유물이다.

춘향의 마음은 이미 서울에 가 있다. 마을 사람들은 춘향을 서울댁이라 부르고, 남원 출신인 춘향도 그것을 당연시한다. 춘향은 옥에 갇혀서도 서울 삼청동의 시댁을 그리워한다. 그 잘난 가문이 자기를 이 지경에 빠뜨렸는데도 춘향은 자기가 죽으면 남원의 앞 남산 뒤 남산 다 버리고 한양성의 선산 발치에 묻어 달라고 빈다. 변학도 앞에서는 당당했던 춘향이건만 시가 앞에서는 이렇듯 다소곳한 순종의 여인이다. 마을 사람들도 모녀와 마찬가지로 서울에서 올 한 가닥 소식만 기다린다.

등장인물 가운데 오로지 이도령만 느긋하다. 음풍농월하며 춘향이와 재밌게 놀더니 서울 올라가 장원급제한다. 옥에 갇힌 춘향이를 빨리 구할 생각도 않고 장난질을 쳐댄다. 모든 갈등을 일거에 해소한 암행어사 출두도 변학도라는 지방권력이 이도령이라는 보다 큰 중앙권력에 당하는 장면으로 볼 수 있다.

서울로부터, 이도령으로부터 올 소식만을 기다리며 오들오들 떨고 있는 모녀의 그림 위로, 자식을 명문대에 넣기 위해 강남 학원가와 입시 설명회를 전전하는 아줌마들의 모습이 겹친다. 자랑스레 고등학교 교문 앞에 써 붙인 대학 합격자 명단. 서울 소재 대학 합격생 명단이 우선이고, 지방 소재 대학 합격생의 명단은 뒷전이다. 지방 소재 대학 입학생의 명단을 앞자리에 놓는 당당함과 자부심이 없다면 지방자치도 지방분권도 백년하청이다.

이 좁은 땅덩어리에 무슨 중심이 있고 무슨 변두리가 있단 말인가. <춘향전>에는 서울공화국의 그림자가 짙게 드리워져 있다.

3부. ④

허균
〈홍길동전〉

장희창의 고전 다시 읽기

허균
'홍길동전'

'백성이 주인'
민본주의 사상의 걸작

당대의 개혁가 혹은 혁명가였던 허균(1569~1618)은 임진왜란 전후 조선사회를 짓누르던 봉건체제에 정면으로 맞섰던 인물이다.

<홍길동전>은 그의 못다 이룬 개혁의 꿈을 보여주는 걸작이다. 천한 몸종을 어미로 둔 서얼의 신세였지만 왕후장상의 씨가 따로 없다는 기개 넘치는 인간 홍길동. 그의 존재는 가문의 안녕을 저해하는 걸림돌이 될 수도 있었다. 길동 아버지의 애첩이 길동을 없애야 한다며 내세운 구실은 국가와 가문을 위한다는 것, 즉 충효 이데올로기였다.

충(忠)은 원래 한 임금에 대한 충성 이상의 것으로, 초기 유교에서는 성실을 추구하는 정신으로 출발하였다. 친구에게 바른말로 충고하는 것도 충이요, 군주의 잘못을 바로잡는 것도, 나라를 위해 목숨을 바치는 것도 충이었다. 그러나 후대로 내려오면서 충이 군주 개인을 위해 희생하는 것으로

변질되었던 것이다.

가문의 울타리를 박차고 나온 길동은 동지들을 규합해 탐관오리를 징벌하고 사찰을 털어 가난한 백성들에게 재물을 나누어준다. 봉건체제의 억압을 뚫고 치솟는 도도한 기운이 작품 전체에 넘실거린다. 절로 흥이 난다.

조정은 가족을 인질로 삼아 길동의 체포에 나선다. 가족을 위해 자수한 길동은 임금 앞에서도 당당하게 "임금이 곧 아비이니, 자식이 아비 것 좀 먹었다고 도적이라고 하겠사옵니까?"하며 허술한 충효 논리를 역으로 치고 들어간다. 길동의 기세에 눌린 조정은 그를 병조판서에 임명한다. 힘이 생기니까 대접도 달라진다. 길동의 아버지는 서얼 차별하지 말라고 유언을 하며, 아버지의 묏자리를 돌보는 것도 길동의 몫이 된다. 변질된 충효 이데올로기의 민낯은 알고 보면 벌거벗은 권력일 따름이다.

흥미로운 점은 병조판서에 임명된 후 다시 말해 홍길동이 체제 내로 흡수된 후부터는 작품 전체에 소용돌이치던 힘찬 에너지가 어느 정도 사그라지고 만다는 것이다. 줄거리는 해피엔딩으로 바삐 달려간다. 체제 안으로 진입한 후 길동의 활약을 보여주는 제2라운드는 없다.

길동의 에너지는 오히려 외부를 향한다. 병조판서를 사임하고 잠적했던 홍길동은 다시 나타나 조정의 지원까지 받아 율도국 정벌에 나선다. 율도국의 왕과 왕자는 어이없이 희생된다. 다수의 해석자들은 이를 길동이 이상 국가를 세웠다는 식으로 보지만 생뚱맞다. 영락없는 제국주의의 논리 아닌가. 타자로부터의 폭력은 '온몸'으로 쉽게 느끼지만, 타자에 대한 나의 폭력은 '성찰'의 매개 과정을 거쳐야 하므로 알아차리기 힘들다. 힘의 정체와 향방을 투시한다는 것은 참으로 어렵다.

홍길동이 못다 한 내정 개혁의 제2라운드는 허균의 몫이다. 정치가로서 허균은 살벌한 권력투쟁의 한가운데에 있었고, 개혁의 꿈을 이루지 못한 채 당쟁의 희생양이 되고 말았다. 허균은 실제로 승군과 무사 수백 명을 중심으로 거사하여 정권을 장악하려 했던 것으로 드러났다(역사학자 이이화). 당나라 체제를 모방한 정부기구와 관원의 수는 조선의 형편에 맞지 않으므로 그 수를 과감하게 줄여야 한다고 주장하기도 했다. 그는 무엇보다도 '자기를 위한 공부'와 '남을 위한 공부'를 하나로 보았고, 현실 비리는 외면한 채 산림에 묻히는 선비를 썩은 무리로 보았던 것이다.

그의 정치평론 <호민론>에는 민본주의 사상이 보다 직접적으로 드러나 있다. 항민(恒民)은 시류에 따라 이리저리 떠밀리며 사는 어리석은 백성이며, 원민(怨民)은 행동으로 나서지는 못하고 불만을 품고 사는 자들이며, 호민(豪民)은 요즘 말로 깨어 있는 시민으로 봉기를 조직하고 주도하는 자들이다. 그리하여 때가 오면 호민을 중심으로 떨치고 일어나 세상을 바꾸어야 한다는 것이 그 요지다. 그의 이러한 개혁 의지는 근대민주주의의 정신과 바로 일치한다고까지 볼 수는 없지만, 민본주의의 입장은 확실히 고수한다. "천하에서 가장 두려운 것은 백성뿐이다."

지금, 여기의 불행에 방관하지 않는 삶, 가난한 백성을 위한 삶, 그것이 호민의 길임을 허균의 삶은 선연하게 보여준다.

3부. ⑤

정약용
〈목민심서〉

장희창의 고전 다시 읽기

정약용
'목민심서'

미문에 녹아 있는
절절한 애민 정신

봉건체제의 모순이 봇물 터지 듯 터져 나오던 조선 후기. 사회 개혁의 요구가 절실했지만, 집권 노론은 성리학을 통치 이념으로 변질시켜 사회를 더욱 경직되고 닫힌 체제로 몰아갔다. 그 와중에 개혁 군주 정조 는 신진 세력을 양성하며 사회 개혁과 문예 부흥이라는 목표 를 조심스럽게 관철해 나갔다.

예컨대 정조가 정약용에게 설계를 맡겨 완성한 최초의 근 대적 도시인 화성(華城)은 개혁의 거점을 마련하려는 본격 적인 시도였다. 성곽 건설에 선진 과학기술과 임금노동을 도 입하고 상업과 농업 진흥의 기반을 마련하여 그것을 전국적 으로 확산시키려 했던 것이다.

하지만 수구세력의 저항은 완강했다. 나라야 망하건 말건 동물적 본능으로 정쟁을 이끌어가는 수구 세력의 생존능력 은 그때나 지금이나 참으로 질기다. 정조가 죽은 후 정약용은 18년의 유배 생활을 견뎌야 했다.

개혁 군주 정조와 더불어 봉건체제 혁파의 꿈을 꾸었던 다산 정약용. 그의 꿈은 이루어지지 않았으나 그 뜻은 <목민심서>에 오롯이 담겨 있다. 목민(牧民)의 뜻은 절절했으나 정치 현실로부터 소외되어 몸소 실행할 수 없었기에 심서(心書)라 이름 붙인 것이다.

마치 종합검진을 하듯 민(民)이 처한 고통의 현실을 진단하고 처방하는 그의 어조는 자상하면서도 치밀하다. 백성들은 여위고 곤궁하고 시들고 병들어 쓰러져 진구렁을 메우는데, 그들을 기른다는 자들은 비단옷과 맛있는 음식으로 자기만을 살찌우고 있어 너무도 슬프다는 것이 이 책을 쓴 동기였다.

그는 무엇보다도 관이 저지르는 폐단을 면밀하게 투시한다. 아전들의 횡포를 이렇게 실감 나게 말한다. "백성은 토지를 논밭으로 삼지만, 아전들은 백성을 논밭으로 삼는다. 백성의 껍질을 벗기고 골수를 긁어내는 것을 농사짓는 일로 여기고, 머릿수를 모으고 마구 거두어들이는 것을 수확으로 삼는다." 백성들에게 무자비한 자들이 수령에게 아첨을 다할 것임은 당연한 이치다.

구구절절 명언이 쏟아진다. 명언이 쏟아진다는 것은 그만큼 시대의 참혹함을 반증하는 것이다. "수령으로서 부모를 모신 자가 가끔 부모의 생신날에 풍악을 베푸는데, 자신은 이를 효도로 생각하지만 백성들은 이를 저주하기 마련이다." 다스리는 자의 입장이 아니라 오로지 백성의 입장에서 보려는 섬세한 마음가짐이다.

벼슬살이는 곧 머슴살이라는 애민 정신과 청백리의 꼿꼿한 기백. 이러니 국민과 함께 산다, 함께 먹는다, 함께 일한다는 '3꿍 정신'을 주창했던 베트남 민중의 지도자 호찌민이 정약용의 '목민심서'에 어떻게 반하지 않았겠는가. 프랑스와 미국, 두 제국주의 세력의 침략을 연달아 물리쳤던 호찌민은 평생을 간소하게 산 것으로도 유명하다. 그는 죽을 때 지팡이 하나, 작업복 두 벌, 그리고 책 몇 권만 남겼다고 한다. 그 책 중 하나가 <목민심서>였다. 그는 고하를 막론하고 공직자들에게 이 책을 필독서로 읽히게도 했다. 정약용의 기일에 제사까지 지내주었다고도 한다. 다산의 애민 정신은 호찌민에 의해 꽃을 피우고 과실을 맺은 셈이다. 진실한 영혼은 그런 식으로 지기(知己)를 만났다.

진부하게 들릴 수 있는 말들도 실사구시의 맑고 아름다운 문장에 담아 놓으니 절로 공감이 간다. "수령으로서 천박한 자는 관아를 자기 집으로 알아 오랫동안 누리려 생각한다. 하지만 현명한 수령은 관아를 여관으로 여겨 이른 아침에 떠나갈 듯이 늘 문서와 장부를 깨끗이 해두고, 항상 행장을 꾸려놓아 마치 가을 새매가 가지에 앉아 있다 훌쩍 날아갈 듯이 하고, 한 점의 애착도 마음에 품지 않는다." 백성을 위하는 절절한 마음이 지방수령의 행정지침서라는 산문의 영역에 깊숙이 스며들어 잿빛 단어들마저 살아 온기를 풍긴다. 공직자라면 꼭 읽고 새길 만한 우리의 고전이다.

임무 교대를 하고 고을을 떠나는 수령의 가벼운 발걸음. "돌아오는 길에 토산품을 싣지 않고, 책 수레만 가지고 돌아온다면, 어찌 맑은 바람이 길에 가득하지 않겠는가?" 다산의 따스한 마음이 봄날 햇살처럼 전해져 온다. <목민심서>와 함께한 이 며칠은 행복한 시간이었다.

3부. ⑥

박지원
〈열하일기〉

장희창의 고전 다시 읽기

박지원
'열하일기'

뻔히 보이는 출세의 기회를 걷어차 버리는 사람도 종종 있다. 세계적인 여행기 <열하일기>를 남긴 연암 박지원도 그런 괴짜 중의 한 분이다. 그는 명문가 출신임에도 등용문 진입을 거부하며 종이에다 그림 하나 덜렁 그려놓고 과거장을 빠져나왔다. 도피라기보다는 당대의 봉건체제에 대한 저항의 몸짓이었다.

전국의 산천을 떠돌며 벗과 사귀고 학문에 전념하던 연암은 1780년에 청나라 건륭 황제의 탄생 70주년을 경축하러 가는 조선 사절단에 비공식 수행원으로 따라가게 된다. 그의 시선은 가난한 조선 민중의 삶의 질을 높일 수 있는 것들이면 그 무엇이든 스쳐 지나가지 않고 기록한다. 벽돌 한 장, 길거리의 똥 무더기 하나 그냥 넘기지 않았다. 그런 식으로 온몸으로 부대끼며 모은 여행 기록을 들고 조선으로 돌아와 정리한 것이 '열하일기'다.

당시 대부분의 조선 사대부는 청나라를 오랑캐라고 무시하고 명나라를 다시 일으켜 세워야 한다며 같잖은 소중화주의의 명분을 내걸었지만, 실제로는 기득권 유지에 급급했다. 연암은 그들을 이렇게 비판한다. "참으로 오랑캐를 배척하려거든 우선 우리나라의 무딘 습속을 바꾸고, 밭 갈고 누에 치고 질그릇 굽고 쇠 녹이는 일부터 장사하는 것까지 모두 배워야 한다." 공리공담 늘어놓지 말고 이용후생(利用厚生)하라는 말이다. 공자 왈 맹자 왈 하지 말고 지금 눈앞에 있는 민중의 삶과 고통을 주시하라는 말이다.

그러니 위정자들로부터 이 책이 환영받았을 리 만무하다. 문체가 순정치 못하다 하여 1783년 이래 100년 동안 금서로 묶여 있었다. 새로운 문체에 담긴 새로운 급진 사상, 시대를 앞서가는 평등주의 사상이 두려웠던 것이다.

아귀다툼 권력의 아수라장을 뒤로하고 드넓은 중원을 향하는 연암. 굽이쳐 흐르는 압록강 가에서 하룻밤. 조선 사절단 노숙 장면을 연암은 눈앞에서 보고 듣고 냄새 맡듯이 그린다. 여행의 즐거움, 먹고 쉬는 일의 행복함에 있어서는 양반도 평민도 따로 없다. 모든 장면이 그림처럼 선명하다. 요컨대 관념은 물리치고 실질은 드러낸다.

이처럼 투명한 시선에 그 어떤 우상도 거짓 권위도 배겨나지 못한다. 열하에 도착한 사절단 일행에게 황제는 자신이 스승으로 모시고 있는 티베트의 판첸 라마를 찾아뵙고 문안 드리라고 명하지만, 유학을 숭상하는 선비들은 건성으로 때우고 만다. 황제의 스승마저 우습게 보는 생뚱맞은 자부심이다. 도대체 권위에 대한 일말의 존경심도 없다.

연암의 눈에 판첸 라마의 존재는 숭배 대상이라기보다는 국제 외교라는 장기판에 놓인 하나의 말로 보였기 때문이다. 판첸 라마에 대한 융숭한 대접은 서장 지방을 분리 통치하기 위한 청국의 방책에 불과했다는 것이다.

'우상 파괴자' 연암. 그는 무엇보다도 달밤을 좋아한다. 청국에서 새로 사귄 친구들과 밤새워 필담을 나눈다. 아는 것은 즐겁다. 잠도 안 온다. 달빛 아래 넘치는 장난기를 주체하지 못한다. 거침없는 명랑성! 점포 벽에 걸린 글을 끙끙대며 베껴 쓰는 연암. 주인이 그 이유를 묻자 연암은 답한다. "고국으로 돌아가면 사람들에게 한 번씩 읽혀 그들로 하여금 배를 틀어쥐고 넘어지도록 웃기려고 하오. 먹던 밥알이 벌 날 듯 튀고 갓끈이 썩은 새끼처럼 끊어지게 할 거요." 조선의 명문장 '범의 꾸중[虎叱]'은 이렇게 태어났다.

마구 웃기면서 다니는 연암의 행적은 여행이라기보다는 상대를 알고 나를 알고자 하는 일종의 전투 행위였다. 감상도 환상도 금물이다. 현장이 중요하다. 그래서 정신 나간 듯 배움을 위해 이 사람 저 사람 만나며 북경의 뒷골목을 누비고 다녔던 것이다. 권력의 향방이 아니라 민중의 삶 한가운데로 곧장 직진하는 그의 실사구시 정신은 백성과 나라를 위하는 길이라면 체면이고 뭐고 따지지 않았다.

피아가 뒤죽박죽인 총선 현장을 보고 있자니, 권력을 초개처럼 여겼던 연암의 심경에 공감이 갔다. 민중의 삶은 뒷전이고, 당쟁에만 골몰했던 위정자들은 결국 조선을 패망의 길로 이끌지 않았던가. 그 어떤 경우에도 민주주의 후퇴는 있을 수 없다. 민주주의 없이는 빵도 없다.

김만중
〈구운몽〉

장희창의 고전 다시 읽기

김만중
'구운몽'

불평등 세상 뒤흔드는
불온한 시선

서역에서 온 육관대사의 제자 성진은 미녀들을 보고 잠시 욕심을 품는다. 뼛속까지 사무치는 미녀들의 향기에 취해 속세를 그리워한다. 성진은 벌을 받아 속계에 태어나고 양소유라는 이름으로 살게 된다. 재상의 지위에까지 오르고, 두 명의 처 그리고 여섯 명의 첩과 더불어 인생을 누리다 문득 정신 차리고 보니 그게 하룻밤 꿈에 지나지 않았다는 그저 그런 이야기가 <구운몽>의 대강의 줄거리다. 일장춘몽 또는 제행무상의 가르침이다.

그러나 그 가르침은 하나의 베일에 지나지 않는 것으로 보인다. 그 베일 뒤로는 당대 조선의 불평등한 계급구조, 남녀차별, 권력 배치 등 민감한 화두들이 꿈틀거리고 있다. 작품의 배경을 당나라로 설정한 것은 일종의 자기 검열일 것이다.

흥미로운 연애 이야기들로 능청을 떨고 있지만, 작가 서포 김만중(1637~1692)의 시선은 봉건체제 자체를 겨냥하고 있다. 급소를 툭툭 건드리고 뒤흔들고 뒤집어 놓는다. 좌충우돌 출구를 모색한다. 행간에서 행간으로 출렁이는 '불온'한 기운을 느끼지 못한다면 다 읽어도 헛발질만 한 셈이다.

양소유가 만나게 되는 여인들은 하나같이 자유분방하고 솔직하다. 그중 한 명은 스스로 창녀의 길을 택했던 여성이다. "시골 여자로서는 스스로 사람을 듣고 보기 어렵다. 오직 창녀는 영웅호걸을 많이 보니 가히 마음대로 고를 것이다." 이렇게 당당할 수가. 여성해방의 선언이다. 양소유는 그 '자유' 여성을 받아들인다. 엄숙한 유가(儒家)의 입장에서 보자면 얼토당토않은 궤변이다. 여성을 여성으로서가 아니라 인간으로 보는 서포의 열린 시선이 눈부시다.

양소유는 나라에 커다란 공을 세우고 황제의 누이와 혼인할 처지가 된다. 하지만 그는 양갓집 규수와 이미 약혼한 터라, 황제의 누이와 혼례를 올릴 수 없다고 거절한다. 왕권에 대한 거역이다. 결국 감옥에 간힌다.

권력 배치구도를 뒤흔들어 대는 시선이 양소유의 다채로운 연애 이야기들을 종횡으로 가로지른다. 낭만적인 베일과 냉혹한 현실이 어지럽게 뒤섞여 있다. 권력보다는 인륜을 더 소중하게 여기는 황제의 누이는 본처의 서열을 정함에 있어서도 양갓집 규수에게 첫째 자리를 양보한다. 자기보다 인품이 뛰어나고 나이도 한 살 많으니 신분과 상관없이 형님으로 모셔야 한다는 것이다. 가히 도발적인 설정이다. 왕족들이 가만히 있을 리 없다. 양소유의 지위와 목숨이 금방이라도 달아날 판이다.

신분이 서로 달랐던 양소유의 여인들은 서로를 '형제자매'로 칭한다. 양소유의 첫 번째 처가 된 여인은 자신의 몸종을 언제나 '벗'으로 칭한다. 그 여인이 말한다. "남자는 천하에 벗을 얻어 어진 일을 돕거늘 여자는 만날 사람이 없으니 어디가서 허물을 고치며 누구에게서 학문을 닦을 것인가?" 서포는 아무리 봐도 전무후무한 페미니스트다.

불전 앞에서 여덟 여인이 함께 아린다. "제자 여덟 사람은 각각 다른 곳에서 나서 자라났으나 한 사람을 섬겨 마음이 하나가 되었습니다. 비유컨대 한 나무의 꽃이 바람에 날려 궁궐에 떨어지고, 혹은 규중에 떨어지고, 혹은 촌가에 떨어지고, 혹은 길거리에 떨어지고, 혹은 변방에 떨어지고 혹은 강호에 떨어졌지만, 근본을 찾으면 어찌 다름이 있으리오?" 그 한 사람이 굳이 남자를 가리킨다고 보는 것은 옹졸한 해석일 것이다. 만민평등을 그린 아름다운 표현이다.

김만중이 평안도 선천 유배 시절에 홀어머니를 위로하기 위해 지은 것으로 전해지는 <구운몽>. 흔히들 자유 평등 박애를 프랑스혁명(1789년)의 3대 정신이라고 말하지만, 작가는 100년을 앞질러 그 정신을 <구운몽>(1687년)에 담아놓았던 것이다.

<구운몽>의 저 바닥에서 끓어오르는 저항의 기운은 꿈과 현실의 이분법적 경계가 아니라, 현실과 더 나은 현실 사이의 무수한 경계를 넘나든다. 강고한 봉건체제의 뼈대를 마구 뒤흔들어보고 있는 서포의 몸부림은 결국 오고야 말 시대를 앞질러간 삶이었다. 요컨대 소설 <구운몽>은 민주주의의 교과서다. 한 줄 한 줄 더듬어 가노라면 사회적 약자를 향한 서포의 따뜻한 눈길을 도처에서 만날 수 있다. 마음은 따뜻해지고 머리는 시원해진다.

4부.
바로 지금,
이곳에서부터

4부. ❶

루쉰
〈아Q정전〉

장희창의 고전 다시 읽기

루쉰
'아Q정전'

중국 개화시킨
프로메테우스의 불

중국의 국민작가 루쉰(1881~19

36)은 <광인일기>(狂人日記)에서 20세기 초 중국 사회를

이렇게 진단한다. "봉건유교사회는 식인(食人)사회다." 소설

의 주인공인 광인(狂人)은 봉건체제에 저항하는 깨어 있는

사람이지만, 무지몽매한 이웃들에겐 미친 사람으로 보일 뿐

이다.

그 광인이 역사책을 펼쳐 든다. 페이지마다 '인의예지(仁

義禮智)'라는 글자들이 비스듬하게 씌어 있다. 그런데 더 자

세히 들여다보고 있노라니, 글자와 글자 사이에 또 다른 글

자들이 우글거리며 나타난다. 다름 아니라 '식인'이라는 두

글자가 행간에 우글거리고 있었다. 껍데기 명분만 남은 인의

예지의 중국 사회는 알고 보니 약육강식의 식인사회라는 말

이다. 난무하는 반어와 풍자가 아니면 가치관의 이러한 아수

라장을 제대로 묘사하기 어렵다.

살아남기 위해 상하좌우 할 것 없이 서로 눈치 보느라 인민은 노예 상태에서 벗어나지 못한다. '창문도 없고 절대로 부술 수도 없는 무쇠로 된 방' 안에서 중국인들은 깊이 잠들어 있다. 신해혁명이 좌절된 후 봉건 중국사회의 모순을 투시하는 루쉰의 안타까운 시선이다.

<아Q정전>의 주인공 아Q는 그런 식인사회의 실상을 깨닫지 못하는 몽매한 인민의 대표단수이다. 날품팔이를 하는 아Q는 수모를 당해도 끽소리 못하고 금방 잊어버린다. 하지만 그것도 일종의 생존 수단이다. 이른바 '정신상으로 승리하는' 법을 몸에 익힌 것이다. 현실의 모순에 당당하게 저항하지 못하고 내면의 문제로 치환시켜버리는 자기 최면이다.

그러면서도 약자에게는 모질게 군다. 처지가 비슷한 날품팔이꾼과는 사투를 벌이며, 자기보다 약한 젊은 비구니한테는 나름대로 남성으로서 '행동'도 취한다. 멍청이 같지만, 역학관계에는 나름대로 민감하다. 러시아의 막심 고리키는 이 소설을 읽고 눈물을 펑펑 쏟았다고 한다. 깨어나지 못하는 인민을 바라보고 있는 작가들끼리의 동병상련이었을 것이다.

혁명의 소식이 들리고 어쩌다가 아Q가 혁명당원이라는 잘

못된 소문이 퍼지자, 지금까지 그를 괄시하던 이웃들이 그를 두려워한다. 아Q에게 갑자기 높임말을 쓴다. 주위 사람들의 대접이 달라지자, 아Q는 혁명의 소득을 앞질러 생각하며 공상에 빠지기도 한다. 하지만 봉건 지배세력이 변화의 징후에 더 빨리 적응하리라는 것은 뻔한 일이었다. 해방 후 친일세력이 반공세력으로 재빨리 탈바꿈하여 다시 권력을 누렸던 것과도 별로 다르지 않다.

프랑스혁명(1789)이 무위로 돌아간 후의 왕정복고기를 무대로 하는 스탕달의 소설 <적과 흑>에도 비슷한 장면이 나온다. 혁명의 서슬에 된통 당했던 귀족들은 다시 올지도 모를 혁명에 대비하여 하인들의 눈치를 보며 잘 대해준다. 봉건 지배세력도 알고 보면 시시각각 눈치를 보고 있다. 그러니 자기 권리를 야무지게 챙겨 사람대접 제대로 받아라. 당하지만 말고 행동하라. 루쉰은 그 점을 말하고 있는 것이다.

혁명의 와중에 아Q는 강도들이 약탈하는 것을 혁명 사업으로 잘못 알고 그 근처에서 얼쩡거린다. 달도 없는 고요한 밤이었다. 너무도 고요해서 요순시절같이 태평스러울 정도였다. 혁명의 어수선한 틈을 타 강도들이 날뛰는 장면을 아Q는 먼발치에서 남의 일처럼 보고 있다. 무지한 민중의 눈에는 소용돌이치는 혁명의 과정이 저 멀리서 보인다. 그 거리는 곧 무지와 깨달음 사이의 아득한 거리다. 역사의 흐름에 대한 무지를 이보다 더 절묘하게 표현하기는 어려울 것이다. 무지는 무섭다. 지금 우리 민족 전체의 명운이 달린 '사드' 배치 문제를 놓고 자기 동네에 배치되지 않았다고 안도하고 자기 동네로 온다고 아우성치는 사람들의 무지도 무섭다.

아Q는 영문도 모른 채 강도들의 공범으로 체포된다. 글자를 모르는 아Q는 강도죄를 인정하는 심문서에 동그라미를 그려준다. 형장으로 끌려가면서도 아Q는 무언가 혁명이 잘못되어 그런 것으로 착각한다. 현실을 제대로 보는 사람은 광인으로, 무지몽매한 사람들은 개돼지로 취급당하는 봉건사회의 질곡을 루쉰은 풍자와 역설로 고발했던 것이다. 그의 작품들은 결국 현대 중국을 개화시킨 프로메테우스의 불이 되었다.

백범 김구

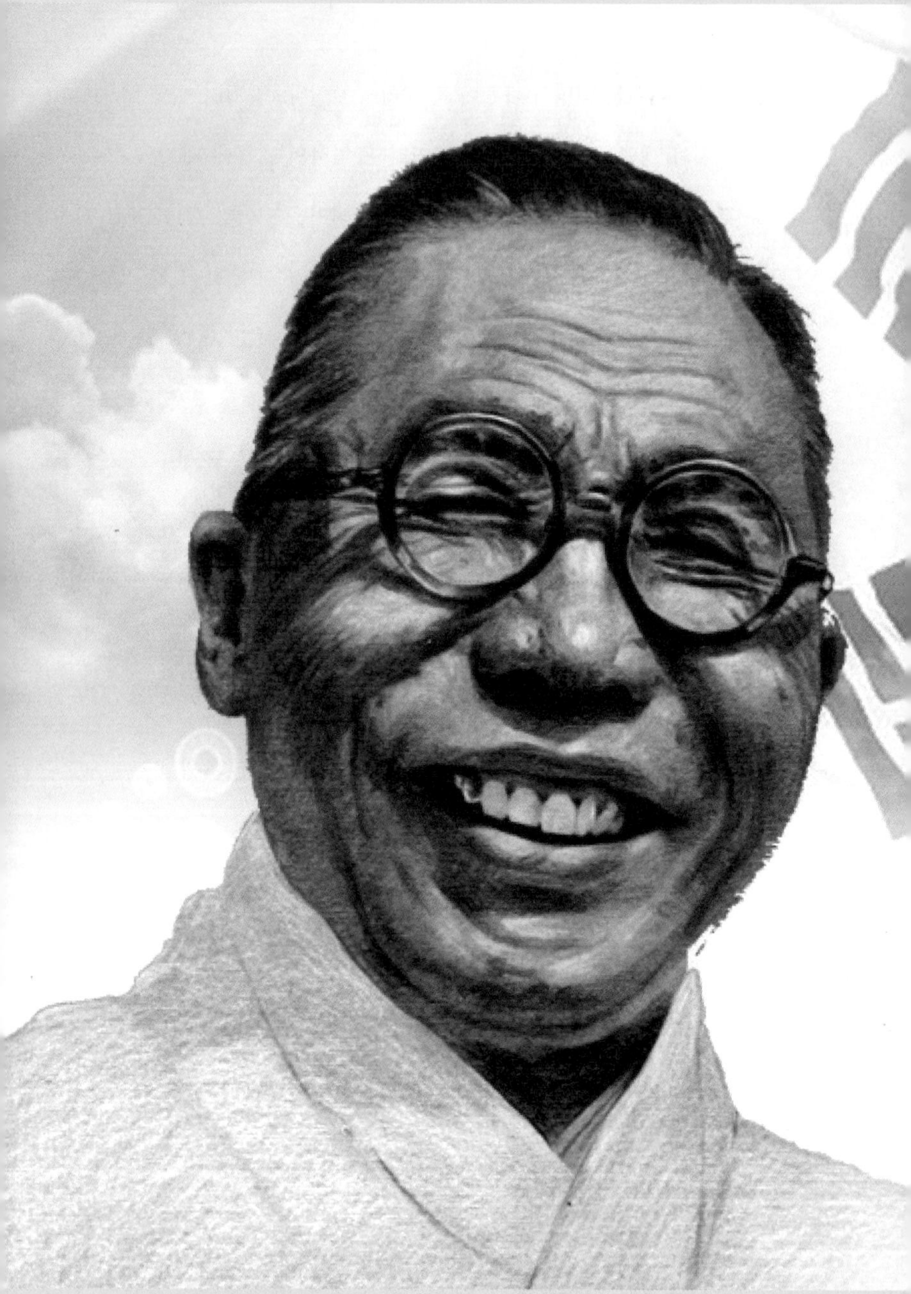

김구
〈백범일지〉

장희창의 고전 다시 읽기

大韓獨立萬歲

김구
'백범일지'

민족 위한 고통과 헌신
그 숙연한 삶

<백범일지>(白凡逸志)를 펼
치면 눈물 흘릴 각오를 해야 한다. 동학혁명과 경술국치, 상
해임시정부 그리고 해방 공간에 이르기까지 백범과 그의 동
지들이 겪었던 고통과 헌신의 장면들은 우리를 숙연하게 한
다. 임시정부 시절 주석으로 있던 김구(1876~1949)가 어린
두 아들에게 유서 대신으로 남긴 이 책은 당시 우리 민족이
겪었던 수난의 역사이며, 또한 수백 개의 인간적인 이야기들
이 살아 펄떡이는 문학 작품이기도 하다. 생사를 넘나드는
위기와 결단의 연속이어서 가슴이 두근거린다.

과거를 보려던 김구는 그 제도의 문란하고 불공평한 현실
에 실망하고 글공부를 접는다. 그 무렵 동학운동이 일어났
고, 김구는 양반과 상놈을 구분하지 않는 평등사상이 좋아
어린 나이에 동학의 접주까지 지낸다. 동학군의 패배 후 안
중근의 아버지인 안태훈 진사에게서 피신처를 얻는다. 백범

의 기개를 높이 산 안 진사는 김구의 부모님까지 모셔와 편히 지내게 배려해준다. 평생의 스승으로 모셨던 고능선을 만난 것도 이때였다. 유학자인 고능선으로부터 백범은 결단력의 기개를 배웠다. 그로부터 배운 "천길 벼랑에 매달려 잡은 손을 놓는 것이 장부의 길이다."라는 시구는 평생의 좌우명이 되었다.

전국을 방랑하던 백범은 명성황후의 원수를 갚으려 일본인 중위를 살해하게 된다. 소위 치하포 사건이다. 체포되어

나룻배에 실려 가는 김구를 따라가던 어머니는 아들이 당할 고초를 생각하고 뛰어내려 같이 죽자고 권한다. "나는 네 아버지하고 약속했다. 네가 죽는 날이면 우리가 같이 죽자고 했다." 천지는 캄캄하고 어디선가 물결소리만 들려온다. 흔들리는 나룻배 위에 마주 선 어머니와 아들. 풍전등화 조선의 운명. 역사와 문학이 하나가 되어 출렁거린다.

구사일생으로 사형을 면한 김구는 인천 감옥에서 탈옥한다. 그동안의 고생은 어디로 날려 보냈는지 걸음은 가볍기만 하다. "세상에 나와 가고 싶은 곳을 마음껏 활보하니 몸과 마음이 상쾌했다. 감옥에서 배운 시조와 타령을 흥얼거리면서 걸어갔다."라고 당시의 심경을 표현한다. 불굴의 낙천주의.

이후 김구는 "양반도 깨어라! 상놈도 깨어라!" 절규하며 교육운동에 투신, 광복의 길을 모색했다. 그러다가 3•1 운동 후 상하이로 망명한다. 굶주림은 일상이었고, 큰아들도 아내도 자신보다 먼저 저세상으로 보냈다. 어머니도 중국 땅에 묻었다. 하지만 그곳에서 그를 가장 괴롭혔던 것은 같은 민족끼리의 분열이었다.

중일전쟁에서 중국이 불리해지자, 김구는 한인애국단을 조직하여 요인 암살에 주력한다. 이봉창이라는 청년이 그를 찾아왔다. 도쿄로 가 살신성인(殺身成仁)하여 천황을 폭살하겠다는 뜻이었다. "지난 30년 동안 육신의 쾌락은 대강 맛보았으니 이제는 영원한 쾌락을 도모하겠습니다." 그때 남긴 사진 속에서 이봉창은 죽음을 초월하여 환하게 미소 짓고 있다. 윤봉길이라는 청년도 찾아왔다. 자기가 죽을 만한 마땅한 자리를 구하러 왔다는 것이다. 상하이 홍커우 공원(虹口公園:현재의 루쉰 공원)에서의 거사는 대성공이었다. 거금의 현상금이 걸린 김구는 이후 피신 생활의 연속이었다.

학도병으로 끌려갔던 장준하도 일본 부대를 탈출하여 충칭으로 옮긴 임시정부를 찾아왔다. 50여 명의 학병이 한꺼번에 들이닥쳤던 것이다. 김구는 축하 연설을 하고 장준하는 답사를 하는 감동적인 장면이 이어졌다. 그러나 해방 후 김구는 이승만 정권하에, 장준하는 박정희 정권하에 암살당했다.

보다시피 우리의 근현대사에서 독재와 친일은 결국 그 뿌리가 같다. 지금 밀실에서 역사 교과서 국정화를 획책하고 있는 자들은 임시정부를 부정하거나 폄훼한다. <백범일지>를 읽은 역사학자라면 차마 그런 발상을 할 수 없을 것이다.

최근 교육부 정책기획관이라는 자가 민중은 개돼지와 같으므로 먹여주기만 하면 된다고 한 모양이다. 신분제를 더 공고하게 해야 한다는 말도 덧붙였다. 역사 교과서 국정화를 주도하는 직위라고 하니 어떤 교과서가 나올지 뻔하지 않은가. 일신의 영달과 출세만 꿈꾸는 개돼지들이 나라의 세금을 좀먹고 있다. "내부의 오랑캐가 외부의 오랑캐보다 더 무섭다." 김구의 말이다.

4부. ❸

장준하
〈돌베개〉

장희창의 고전 다시 읽기

장준하 '돌베개'

역사 바로 세우지 못한
사회는 사상누각

"내 영혼 저 노을처럼 번지리 / 겨레의 가슴마다 핏빛으로 / 내 영혼 영원히 헤엄치리 / 조국의 역사 속에 핏빛으로." 죽음을 각오한 처연한 심경을 담은 이 시구는 스물여섯 나이의 장준하가 광복을 목전에 두고 미국전략첩보대 대원으로 국내에 잠입하기 전, 국내의 부모와 아내 앞으로 유서와 함께 보낸 것이다. <돌베개>는 이때 같이 동봉했던 일곱 권의 일기장을 바탕으로 쓴 항일 역정의 준엄한 기록이다. 학도병으로 끌려갔다가 1944년 7월 7일 일본군 부대 탈출, 6,000리 길을 걸어 충칭의 임시정부에 도착, 광복 후 귀국하기까지 2년여 형극의 과정이었다.

중국 쉬저우의 일본군 부대에 배속된 장준하는 동료 몇 명과 더불어 철조망을 뛰어넘는다. 맹추위와 배고픔에 시달리며 가파른 석산도 기어오르고 끝없는 평원을 걷고 또 걸어야 했던 필사의 탈출이었다. 구사일생으로 살아 불로하 강변에서 애국가를 부르며, 동북쪽의 조국을 향해 경건하게 머리를 숙인다. 고향 땅을 향한 절절한 그리움을 이렇게 표현하기도 한다. "그 산천초목의 바람 소리. 흐르다 머물러주는 포플러 끝의 구름. 불타는 하늘에 산이 덮여 불빛이 번지듯이 붉은 고향의 노을." 생사를 넘나드는 처절한 상황에서도 서정성을 잃지 않는 호쾌한 정신.

린촨에 도착한 장준하 일행은 탈출 학병들로 구성된 한국 광복군 훈련반을 찾아간다. 감격의 만남이었다. 중국군과는 달리, 본격적인 훈련을 받지 못할 형편이라 잡지 <등불>이나마 발간하여 용기를 북돋운다. 잘라낸 속옷과 종이를 겹쳐 실로 누빈 것이 겉표지였다. 그렇게 두 권을 만들어 80명이 돌려가면서 보고 또 보았다. 그러나 총도 없는 훈련병 신세에 마냥 머물 수는 없었다. 또다시 일본군 점령구역을 지나 충칭으로 가야 했다. 동행한 여성들이 행렬 바로 옆에서 용변을 보아야만 하는 그런 급박한 상황의 연속이었다.

마침내 충칭에 도착. 임시정부 건물은 초라하기만 했다. 김구가 환영사를 하고 장준하가 답사를 한 환영회는 통곡의 바다였다.

그러나 기쁨도 잠시, 장준하가 본 임시정부는 분열과 파쟁 그 자체였다. 참다못한 장준하가 어른들이 모인 자리에서, 자기가 다시 일본군으로 돌아가게 된다면 항공대에 자원하여 제일 먼저 임정 청사부터 폭파하겠노라고 폭탄선언을 한다. 그때나 지금이나 공동의 적 앞에서의 분열은 참으로 두려운 것이다.

비통한 심경으로 임정을 떠난 장준하 일행은 시안으로 간다. 광복군 제2지대에 합류한 일행은 미국의 전략첩보대에 소속되어 국내 잠입을 위한 특수 훈련을 받는다. 그 와중에서도 <제단>이라는 잡지를 발간하는 치열한 기록 정신. 그러나 일본의 무조건 항복으로 애통하게도 침투작전은 무위에 그친다. 미국으로부터 그나마 대접받을 일말의 기회마저 놓친 것이다. 11월 23일에야 귀국하는 김구와 장준하 일행. 임시정부 요인들은 국무위원이 아니라 '개인 자격'으로 귀국한다. 미 군정은 풍찬노숙 역전의 용사들을 냉담하게 맞이했던 것이다.

이후 우리 사회는 주지하다시피 일제 앞잡이들의 세상이 되었다. 그가 월간 <사상계>를 발행하는 등 민주화운동을 주도하며 이승만과 박정희의 독재를 온몸으로 돌파해나갔던 과정은 또 다른 고난의 장정이었다. 한때 <사상계>가 수만 부쩍 팔리기도 했지만, 그는 가족을 제대로 돌볼 수 없었다. 그의 5남매 자녀들은 학비 때문에 진학은 엄두도 못 내고 모두 고졸에 머물러야 했다. 5남매 중 둘은 정치적인 이유로 현재 국내에 들어오지도 못한 채 미국 땅을 떠돌고 있다.

공자는 말한다. "나라에 도가 있을 때는 가난하고 천한 것이 수치지만, 나라에 도가 없을 때는 부유하고 귀한 게 오히려 부끄러움이다." 다시 소로의 말을 빌리자면, "불의의 사회에서 정직하게 살면서 또한 외적으로 안락하게 사는 것은 불가능하다." 역사 바로 세우기에 실패한 사회는 경제도 문화도 사상누각일 뿐이라는 말이다.

분노의 인간, 역사의 인간 장준하의 사자후는 망각의 역사를, 나태와 방관으로 찌든 우리의 영혼을 가차 없이 흔들어 깨운다. 그의 6,000리 장정을 생각하면 가슴이 먹먹해진다. 친일 역사의 청산과 극복, 그것은 결코 포기할 수 없는 우리 시대의 엄중한 과제다.

4부. ④

장일순
〈나락 한 알
속의 우주〉

장희창의 고전 다시 읽기

장일순 〈나락 한 알 속의 우주〉

인간은 천지만물과
더불어 하나

뜨겁다고 아우성이더니 어느새 선선한 가을이다. 새벽녘 귓전을 울리는 풀벌레 소리도 제법 따갑다. 생명이 도처에서 자기를 표현하며 한 몸으로 연결된 우주의 존재를 알려주는 것이리라. 강원도 원주에서 반독재 민주화운동을 이끌어오다 1970년대 후반부터 '생명운동'을 전개해왔던 장일순(1928~1994)은 그 풀벌레 소리를 이렇게 듣는다.

"나는 가끔 한밤에 풀섶에서 들려오는 벌레 소리에 크게 놀라는 적이 있습니다. 만상(萬象)이 고요한 밤에 그 작은 미물이 자기의 거짓 없는 소리를 들려주는 것을 들을 때 평상시의 생활을 즉시 생각하게 됩니다. 내 일상의 생활은 생활이 아니고 경쟁과 투쟁을 도구로 하는 삶의 허영이었다는 사실을 깨닫게 됩니다." 혼탁해진 마음과 몸, 저 너머에서 들려오는 웅혼한 음악과 그 메시지를 우리는 놓치고 사는 것이다. 만물은 하나다.

서슬 퍼런 유신 치하에서도 꿋꿋했던 그가 투쟁의 논리를 넘어 생명운동으로 나아간 것은 이러한 깨달음 때문이었다. 사람과 사람 사이만이 아니라 짐승과 벌레, 풀들에 이르기까지 모두가 한 몸임을 깨닫는 것이 독점경제, 빈부 격차, 환경 파괴의 대재앙으로부터 벗어나는 근원적 해결책이라는 자각이다. 우리를 지배해왔던 산업사회의 배타적 경쟁 원리를 넘어 자율과 협동과 공생의 삶을 지금 당장 실천하자는 것이다.

이에 그는 1980년대 초반부터 '한살림'이라는 생활협동조합을 조직해나간다. 도농(都農) 간 농산물 직거래 망을 트고 확대하는 일에 힘쓴다. 외국에서 수입한 농산물은 방부제 처리를 해야 하고 그렇게 처리한, 벌레도 못 먹는 농산물을 먹고 있는 것이 우리의 현실이다. 그러므로 농산품만은 제 지역에서 생산되는 걸 제 지역 사람들이 먹는 것은 당연한 권리다. 요컨대 돈 벌기 위한 생산이 아니라 고객의 생명을 모시기 위한 생산이라는 개념이다.

<나락 한 알 속의 우주>는 이러한 생명운동의 사상적 배경과 그 구체적 실천의 삶을 기록한 것이다. 구어체 문장에

실린 싱싱한 생명 사상이 구비마다 용솟음친다. 동학의 인내천, 예수의 사랑, 석가모니의 자비, 노장의 무위사상이 하나가 되어 강물처럼 흘러간다.

이 땅의 풀뿌리 백성을 하늘처럼 섬겼던 동학의 2대 교주 해월 최시형 선생의 영향이 컸다. 집 앞에 천도교 포교소가 있어서 우연히 동학과 만나게 되었던 것이다. 해월은 말한다. "천지는 부모이고, 부모는 천지이니, 천지와 부모는 하나이다." 인간은 천지 만물과 하나라는 깨달음, 즉 인내천의 사상이다.

예수가 짐승의 먹이 그릇인 구유에서 태어난 것도 같은 원리이다. 하느님은 인간만이 아니라, 동물과 자연, 우주의 모든 존재를 자기 몸으로 섬긴다는 징표라는 것이다. 예수는 생명으로서, 세상의 밥으로 오신 것이다. 이천식천(以天食天). 한울로써 한울을 먹는다는 해월의 표현과도 같다. 밥알 하나, 티끌 하나에도 대우주의 생명이 깃들어 있다.

천주교 신자인 그가 이렇게 말한다. "모든 종교는 담을 내려야 합니다. 삶의 영역은 우주적인데 왜 담을 쌓는가요. 서로의 종교는 존중하되 생활과 만남에 있어서는 나누어져서 안 됩니다. 생명은 '하나'니까요." 달마의 면벽 수도도 결국 '

자기'라는 벽을 없애려는 수행이 아니었던가. 노자의 삼보(三寶), 즉 자비와 검약과 하심(下心)도 같은 맥락이다. 장자의 표현에 따르자면, 천지는 나와 더불어 살며, 만물은 나와 더불어 하나이다.

원주천 둑방길을 따라 댁에서 시내까지 걸어서 보통 15분 걸리는데, 선생은 두 시간 걸리는 것이 예사였다. 동네 사람들, 상인들, 군고구마 장사까지 만나는 사람마다 일일이 안부를 묻노라고 그런 것이다. 그의 일상 속 화두, 개문류하(開門流下). 문을 열고 아래로 흘러라. 우리 집에 밥 잡수러 오시는 분들이 우리의 하느님이고, 학교 선생님에게는 학생이 하느님이다. 대통령한테는 국민이 하느님이고 신부나 목사에게는 신도가 하느님이다. 알량한 권력 믿고 '갑질'하지 말라는 소리이기도 하다.

원주 봉산동의 허름한 자택. 민중 운동가들, 고난의 정치인들, 역전의 구두닦이들을 비롯하여 많은 불우한 사람이 그를 찾아왔다. 자기를 고집하지는 않지만, 끝내 자기를 잃지 않았던 선생의 강인하면서도 부드러운 마음이 오롯이 전해진다. 타자를 자신과 하나로 보며 모시고 살리는 지극한 마음이다.

4부. ❺

임종국
〈밤의
일제 침략사〉

장희창의 고전 다시 읽기

임종국
'밤의
일제 침략사'

민주주의 시들면
친일 후예들 활개

　　　　　　　　　　재야사학자 임종국(1929~1989)
의 <친일문학론>은 이광수, 서정주 등 한국 문단 어른들의
친일 행각을 낱낱이 파헤침으로써 나태한 상식의 지평을 뒤
엎어버린 명저다. 그는 일제강점기 전 기간에 걸쳐 발행된 방
대한 분량의 총독부 기관지 <매일신보>를 일일이 뒤져 색인
화하는 등, 철저한 자료 조사와 분류 작업을 통해 친일 연구
의 옹골찬 기초를 마련했다.

　또 다른 명저 <밤의 일제 침략사>에서 그는 친일 문제의
핵심을 이렇게 설파한다. "친일 문제가 항상 우리에게 무거운
짐으로 눌려오는 것은 그것이 '생존'을 위한 친일이었다기보
다는, 대부분 부와 직위를 더하기 위한 '자발적' 친일이었다
는 데서 유래한다. 1910년 병합되기 전 이미 넘어갈 자들은
다 넘어갔다는 역사적 사실을 잊지 말자." 친일파에게는 나
라의 운명보다도 자신의 재산이 더 소중했다는 뼈아픈 증언

이다.

조선 병합의 일등공신인 이토 히로부미는 나라가 망해도 기득권만은 놓치지 않으려는 이러한 친일파들을 교묘하게 매수하고 회유하고 협박했고, 때로는 요정으로 불러 혼을 빼놓기도 했다. 일제 침략자들과 같이 어울렸던 친일파들은 해방 후에도 개과천선은커녕 독재와 부패 끝에 유신을 불러들이기도 했다. 유신은 일본의 명치유신에서 따온 말이다.

일제의 관료와 장교들이 물 좋고 산 좋은 요정에서 기생들과 요란하게 놀아나는 장면들을 끈질기게 추적하는 저자의 심경은 비통하다. 그 땅이 누구 땅인가. 그 돈이 누구 돈인가. 일제를 안다는 것은 곧 우리를 아는 것이며, 빼앗은 자의 환성을 통해서 우리는 빼앗긴 자의 비탄을 듣는다.

밤의 일제 침략은 역겹다는 점에서 낮의 침략보다 오히려 더 하다. 종군위안부 문제도 일제의 이러한 방자한 놀음과 맥락을 같이 한다. 청일전쟁과 함께 서울에 '신마치' 공창가를 개설한 일본군의 '한 손에 칼 한 손에 여자'라는 침략 구호는 태평양전쟁과 더불어 아시아 대륙으로 번져나갔다. 일본군에게 이들 위안부는 사람이 아니라 군수품이었다. 그래서 위안부와 관련된 기록은 '명부'가 아니라 '물품 대장'에 기재되었던 것이다.

저자에 의하면 조선인 여성 위안부의 숫자는 17만~20만 명에 달한다. 이들 중에서 8•15 광복 전 사망자는 14만 3천 명이다. 소모율 71~84%로, 2차 세계대전 중 일본군의 소모율 40~50%를 훨씬 웃도는 수치이다.

비전투원인 위안부가 전투원인 일본군보다 사망률이 더 높은 이유는 천황 군대의 치부를 은폐하기 위해 패주 당시에 학살했기 때문이다. 얼마 전 개봉된 영화 '귀향'은 그 참혹한 장면들을 리얼하게 보여준다.

임종국은 이른 나이에 갔다. 국가가 해야 할 일을 한 역사학자가 도맡아서 했던 것이다. 당시 주류 언론들은 그의 죽음을 단신으로 처리했다. 그러나 친일문학의 거두 서정주는 언론의 화려한 배웅을 받으며 저세상으로 갔다. 이처럼 친일의 기세는 아직도 등등하다. 친일 배족(背族) 관련 자료로 가득한 구석방에 틀어박혀 "벼락이 떨어져도 이 서재를 떠날 수 없다."고 했던 그의 외침을 깊이 새겨야 하는 것은 그 때문이다.

지난 3월 1일 부산 동구 초량의 정발 장군 동상 앞에서 한•일 정부 간 위안부 문제 합의의 무효를 선언하는 시민대회가

열렸다. 위안부 소녀들을 위해 비워놓은 1천 개의 의자에 1천
여 명 시민이 앉았다. 당찬 발언들. 한 젊은 여성이 말했다. "
우리 아이들을 친일파 후손들이 떵떵거리며 사는 나라에서
키우고 싶지 않아서 왔어요." 화명동에서부터 노란 깃발을
든 채 내내 걸어왔다는 교사 한 분. 길을 나서는 아빠를 보고
딸이 "아빠, 그렇게 가면 쪽팔리지 않느냐고 하길래, 아빠는
쪽팔리는 것보단 분노가 더 크기 때문에 이렇게 걸어간다."
라고 일갈했다고 한다.

　봄기운이 천지에 가득하고, 개나리 진달래 지천으로 피어
나건만, 역사의 봄바람은 문간에서 멈칫거린다. 민주주의가
시들면 친일 후예들이 득세하고, 민주주의가 만개하면 친일
후예들이 종적을 감춘다. 과거사 청산 없는 민족에게 미래는
없다. 봄은 왔으되 봄이 아니다.

4부. ⑥

최인훈
〈광장〉

장희창의 고전 다시 읽기

최인훈
'광장'

사랑의 용솟음치는
부활을 꿈꾸다

1960년은 정치사의 측면에서 보자면 학생들의 해였지만, 소설사의 측면에서 보자면 <광장>의 해였다. 문학평론가 김현의 표현이다. 최인훈의 '광장'은 우리의 분단 현실을 남북 어디에도 치우치지 않고 냉철한 시각으로 투시한 명작이다.

해방 이후 서울에서 철학과 3학년에 재학 중이었던 명준. 그의 아버지는 해방 후 월북했지만, 명준은 어떤 이념에도 얽매이지 않는 자유로운 영혼이다. 소위 말하는 리버럴리스트이다.

그가 보기에 남한 사회는 일말의 양심이나마 지키면서 탐욕과 조절을 꾀하자는 자본주의의 교활한 윤리조차 내팽개친 천민 사회다. 정치의 광장에서 서로 으르렁거리던 사람들이 밤이면 뒷골목의 바와 카바레에서는 공범자가 되어 술을 권한다. 프랑스로 딸을 유학 보내준 아버지가 알고 보니 양심적인 교사를 목 자르는 나쁜 장학관인 그런 역설로 넘치는 사회다. 서양에서 소위 민주주의를 배웠다는 놈들이 돌아와서는 자기 몇 대 조가 무슨 판서 무슨 참판을 지냈다고 자랑한다. 한마디로 밀실만 있고 광장이 죽은 곳이 곧 남한이다.

명준은 어느 날 경찰서로 불려가 폭력을 당한다. 그의 아버지가 평양방송의 대남 방송에 출연한다는 이유에서였다. 자기가 거칠게 당하니까 혁명가의 삶도, 타인의 삶도 비로소 제대로 보인다. 엄연한 시민인데도 법률은 있으나 마나 한 허울일 뿐이었다. 명준을 취조하는 형사는 일제강점기 때 특고형사 시절이 자신의 전성기였다며 서슴없이 자랑한다.

그가 사랑하게 된 윤애는, 바다에 서면 어디든 가고 싶어요, 라고 말하는 귀엽지만 좀 덜떨어진 여성이다. 명준은 윤애와의 사랑마저 그만두고 월북을 단행한다.

그러나 북녘에서 만난 것은 잿빛 공화국이었다. 학교와 공장과 시민회관에는 맥 빠진 얼굴들만 앉아 있었다. 어느 모임에서나 판에 박은 말과 구호만 있을 뿐이었다. 혁명이 아니라 혁명의 흉내였다. 당이 생각하고 판단하고 느낄 테니 너희들은 복창만 하라는 곳이 북한이었다. 광장에는 꼭두각시뿐 사람은 없었다. 진리에 대한 해석의 권리는 당에만 있었다. 매사에 공적인 명분을 내세우지만 결정적인 순간에는 사적인 감정을 들이댄다. 혁명과 인민의 탈을 쓴 부르주아 사회의 변형일 뿐이었다.

불행 중 다행으로 사랑하는 여성을 만나게 된다. 국립극장 소속의 발레리나인 은혜를 만난다. 따뜻한 여성이었다. 은혜를 안기 위해 두 팔이 만든 둥근 공간이 그가 다다른 마지막 광장인 것처럼 느껴졌다. 깊은 데서 우러나오는 사랑의 잔잔한 느낌만은 아무도 빼앗을 수 없는 것이다. 전쟁이 터진다. 낙동강 전선에서도 둘은 자기들만 아는 동굴에서 만나 사랑을 나눈다. 은혜는 임신을 한 채 전사한다.

수용소에서 포로로 있던 명준은 남과 북을 다 거부하고 제3국행을 택한다. 북녘의 미친 믿음은 무섭고, 숫제 아무 믿음도 없는 남녘은 허망할 뿐이다. 인도로 가는 배를 탄다. 중립국으로 가서 병원 문지기나 극장의 매표원이라도 할 생각이었다.

뱃전에 기댄 명준. 갈매기 두 마리가 뒤따라온다. 그러나 여러 차례의 개작(改作)을 거치는 과정에서 두 마리의 갈매기는 한 마리의 어미 갈매기와 꼬마 갈매기로 바뀐다. 두 마리의 갈매기는 남에 두고 온 윤애 그리고 북에서 만난 은혜를 가리키는 것으로 흔히들 해석해왔다. 그런데 그중 한 마리는 이제 꼬마 갈매기로 바뀌었다. 사랑이란 종국에는 이 여성인가 저 여성인가 하는 선택의 문제라기보다는 '생명에 대한 경외심'임을 말하는 것이리라.

명준에게 확 다가온 사랑의 느낌. 그것을 따라 명준은 바닷속으로 뛰어든다. 무엇을 보았던가. 무덤 속에서 몸을 푼 한 여자의 용기를, 방금 태어난 아기를 한 팔로 보듬고 다른 팔로 무덤을 깨뜨리고 하늘 높이 치솟는 여자를, 그리고 마침내 명준 자신을 찾아내고야 만 그들의 사랑을 알아보았던 것이다. 사랑의 용솟음치는 부활이었다.

방황 속에서도 사랑을 끝내 잃지 않았던 명준의 삶에서 우리는 작품이 나온 뒤 50년 이상 지났는데도 남북 분단의 구조는 거의 그대로임을 확인한다. 놀랍고도 슬픈 일이다. 사랑하는 이들이여, 부디, 씩씩하게!

한강
〈채식주의자〉

장희창의 고전 다시 읽기

한강
'채식주의자'

타자와 하나 되려는
꿈의 몸짓

평범한 가정주부이던 영혜는
어느 날 갑자기 채식을 단행한다. 냉장고의 모든 고기를 내
다 버린다. 남편이 이유를 묻자, 꿈을 꾸었기 때문이라고 말
한다. 피가 뚝뚝 흐르는 고깃덩어리들 한가운데를 헤매는 꿈
이었다. 피 웅덩이에 비친 자신의 눈을 보았다. 익숙하면서도
낯선 얼굴이었다. 다른 한쪽에서는 고기 굽는 냄새가 났고
노랫소리, 즐거운 음악 소리도 들려왔다. 약육강식, 선혈 낭
자한 우리 현대사를 압축한 꿈이었다.

영혜의 채식 결단은 악몽의 현실에서 깨어나는 견성(見
性)의 순간이었다. 다른 이의 시선에 아랑곳하지 않고 브래
지어도 하지 않는 여자, 영혜는 점점 말라간다. 남편을 비롯
한 가족들은 영혜를 이해하지 못한다. 특히 아버지는 영혜의
입을 강제로 벌려 고기를 밀어 넣는 폭력마저 행사한다. 그는
월남전에 참전하여 훈장도 받고, 베트콩도 여럿 죽였다고 자

랑하는 그런 사람이다.

독점 자본과 독재 권력이 통제하는 '규율' 사회 내에서의 명령과 복종에 순치된 좀비 인간인 아버지. 딸에게 폭력을 행사하는 순간, 그 딸은 아버지에게 또 다른 베트콩으로 보였을 것이다. 자신이 폭력의 도구가 되었다는 사실을 아버지는 절대로 깨닫지 못한다. 이해하지는 못하더라도 그대로 내버려 둘 줄 아는 것, 즉 판단 중지는 타자를 인간으로 대접하는 최소한의 예의다. 영혜는 자해로써 저항하고 정신병원에 갇힌다.

영혜는 자신의 몸 중에서 젖가슴만을 좋아한다고 말한다. 손도, 발도, 이빨과 세 치 혀도, 시선마저도 폭력의 도구로 쓰일 수 있지만, 젖가슴으로는 아무도 죽일 수 없기 때문이라는 것이다. 약육강식의 이 세상이 정신병동인가, 아니면 그 세상을 향해 비폭력 저항을 선언한 영혜가 정신병자인가.

비디오 아티스트인 형부는 영혜를 어느 정도 이해한다. 형부는 영혜의 몸에 아직 남아 있는 연둣빛 몽고반점에서 인간 존재의 식물성, 태고의 것, 광합성의 흔적 같은 평화의 의미를 읽어낸다. 영혜를 화포로 삼아, 온몸에 꽃을 그려 넣는다. 등 쪽에는 밤의 꽃, 가슴 쪽에는 낮의 꽃을 가득 그려 넣는다. 영혜의 마음을 움직이게 하는 것은 폭력이 아니라, 어둠과 빛의 조화, 즉 자연의 순리이다. 정신병원으로 다시 실려가는 영혜의 초연한 눈은 모든 것을 다 담은, 그러나 모든 것이 다 비워진 그런 눈길이다.

언니인 인혜도 동생의 입장을 차츰 이해하게 된다. 집을 나간 남편의 고독도 헤아려본다. 남편이 혼자 쪼그리고 앉아 있던 욕조에 같은 자세로 앉아 있으면서 남편의 시선으로 세상을 돌아보려 애쓴다. 생각해보니 어릴 적, 아버지가 폭력을 행사했을 때도 자기는 순응했지만, 고지식한 영혜는 곧이곧대로 대응했다. 자신의 성실함은 조숙함이 아니라 실은 생존을 위한 비겁함이었다. 기쁨과 자연스러움이 제거된 세월이었다. 문득 이 세상을 살아본 적이 없었다는 느낌마저 든다. 늦게나마 제대로 알려고 노력하는 인생은 아름답다.

정신병원 야외 마당에서 웃옷을 벗어버리고 앙상한 가슴을 드러낸 채 햇살 아래 말없이 앉아 있는 영혜. 작가는 이로써 물신과 폭력이 난무하는 세상을 향해 평화의 메시지를 던지는 불멸의 여인상을 빚어 놓았다. 폭력과 아름다움의 공존을 처연하게 투시한다. 미켈란젤로의 피에타 상, 극한의 고행 후 피골이 상접해진 수도승, 또는 등신불(等身佛)처럼 강렬한 기운을 내뿜는 영혜는 세계문학이 낳은 또 하나의 인간상으로 남을 것이다.

정신병원을 찾은 언니에게 영혜가, 세상의 나무들은 다 형제 같아, 라고 말하는 구절은 전율의 순간이다. 정신병원에서 영혜는 물구나무를 선 자세를 하고 있다. 거꾸로 볼 때 땅을 지탱하고 있는 것으로 보이는 나무를 닮고 싶었던 것이다. 영혜는 온몸에 이파리가 피어나고 뿌리가 돋아나는 꿈을 꾼다. 타자에 대한 이해를 넘어 타자와 하나가 되는 꿈이다. 동체대비(同體大悲)의 마음가짐이다.

타자와의 절절한 마주침이 없으면 삶의 고양도 없다. 타자의 문제는 사람살이의 절대 화두이다. 괴테는 다소 신중하게 말한다. "타자를 이해하는 것은 참으로 어렵다. 그러므로 타자를 참아내는 능력이라도 길러야 한다." 장자는 보다 시원스럽게 표현한다. 여물위춘(與物爲春). "타자와 더불어 봄을 이룬다."

4부. ⑧

김익중
〈한국탈핵〉

장희창의 고전 다시 읽기

김익중
'한국탈핵'

전 세계 원전 줄이는데
우리만 역주행

실사구시의 화신(化身)과도 같은 책. 김익중 교수의 <한국탈핵>은 한국 핵발전의 실상과 그 문제점을 온몸으로 부대끼며 까발린, 살아 펄떡이는 증언이다. 의대 교수인 저자는 환경 운동에 발을 들여놓았다가 2011년 3월 후쿠시마 핵사고를 계기로 반핵운동에 전념하고 있다. 수백 번의 강연, 수없는 세미나 등을 통해 그동안 가려지고 왜곡되었던 진실을 설파했다. 예컨대 원자력이 가장 값싼 에너지라는 것은 거짓말이다.

세계에서 가장 안전하게 원전을 관리한다던 일본에서 네 개의 원전이 한꺼번에 터지고 말았다. 하지만 일본 정부는 지금까지도 실상을 제대로 밝히지 않는다. 저자가 보기에 손상된 핵연료의 양으로만 비교해도 후쿠시마의 사고 규모는 체르노빌의 일곱 배 정도이다.

연료봉이 쇳물 상태로 녹아버린 핵연료 자체에는 냉각수

가 들어갈 수 없기 때문에 파괴된 원자로는 절대로 식힐 수가 없다. 한마디로 '녹아버린 핵연료'는 인간이 감당할 수 없는 불이다. 이 녹아버린 핵연료에는 고열과 치명적인 방사능 때문에 접근할 도리가 없다. 그 핵연료가 원자로를 뚫고 밖으로 흘러내리는 멜트스루, 그리고 녹아버린 핵연료가 땅을 파고 내려가는 차이나 신드롬이 현재 진행 중이다. 녹아내린 핵연료를 식히기 위해 부어댄, 고농도의 방사능 오염수는 지금도 태평양으로 매일 방출되고 있다. 이것이 후쿠시마의 참담한 현실이다.

정상적으로 운용한 후 생겨난 '사용 후 핵연료'를 보관할 기술도 아직 없다. 고준위 핵폐기물 저장고는 세계 어디에도 아직 없다. 모두 임시보관 상태이다. 수백 년 수만 년 동안 안전하게 보관해야 하고, 그 비용은 후손들이 감당해야 한다. 장기적으로 보면 참으로 비경제적이다. <엔트로피>의 저자 제레미 리프킨의 말을 빌리자면, 핵발전소의 운영은 치즈를 자르는 데 톱을 사용하는 것과도 같은 우를 범하는 짓이다.

후쿠시마 사고 후 가장 기민하게 대처한 것은 독일이었다. 독일에서는 총 17개의 원전이 가동 중이었으나 후쿠시마 핵사고 이후 9개의 원전을 중지시키고 나머지 8개도 2022년까지 모두 폐쇄키로 결정했다. 유럽의 다른 나라들도 대개 독일의 전례를 따르고 있다.

우리나라는 세계 1위의 원전밀집도를 자랑한다. 한국을 제외한 원전밀집도 상위국들은 후쿠시마 사고 후 모두 원전의 개수를 줄이거나 완전히 없애는 쪽으로 움직이고 있다. 우리나라만 예외다. 게다가 한국에서는 원전 비리가 압도적으로 많다. 불량품, 중고품, 검증서 위조부품 등이 납품되었다. 그들이 주장하는 안전신화는 절대로 믿을 수 없다.

원자력은 이미 사양 산업이다. 지난 25년간의 통계를 보면 선진국은 꾸준히 줄여왔고, 개발도상국은 꾸준히 건설해왔지만, 세계 원전 전체 개수는 증가하지 않았다. 세계는 이미 탈핵의 길로, 에너지의 효율적 관리와 재생가능에너지 개발의 길로 가고 있는 것이다. 자연조건이 우리보다 훨씬 나쁜 독일이 전체 전기 생산 중 태양광 전기 생산 비율이 1위인 반면 태양광 에너지가 풍부한 우리나라는 경제협력개발기구(OECD) 가입국 중 꼴찌다. 한국 원자력산업계의 막강한 영향력 때문이다.

태양광 전문가의 말에 따르면 우리나라에서 원자력이 생산하는 전기, 즉 전체 전기의 30%를 태양광으로 생산하려면

국토의 2%만 태양광 패널로 덮으면 된다. 예컨대 길게 뻗은 고속도로의 접도구역에 설치하면 된다는 구체적인 안도 있다. 일단 탈핵을 결정하고, 치밀하게 수요관리를 한 후, 재생가능에너지 개발 성과에 따라 원전을 차츰 줄여나가는 것이 탈핵의 길이며 그것은 가능하다는 것이 저자의 지론이다.

최근 신고리 5, 6호기 건설 강행 결정에서도 보다시피 몇몇 전문가가 중차대한 문제들을 졸속 결정해버린다. 안전보다는 이익과 효율만을 우선 따지는 그들의 손에 우리의 운명을 맡겨놓을 순 없다. 김익중 교수가 분연히 일어선 것은 그 때문이었다. 시민이 능동적으로 참여하여 기술과 과학에 대한 사회적 제어력을 확보해야 한다. 만일 고리에서 후쿠시마와 같은 사고가 일어난다면 수백만 인구가 밀집된 부산과 울산은 어떻게 되겠는가. 무지와 무관심은 공멸의 길이다.

박봉에도 불구하고 평생에 걸쳐 반핵운동을 비롯한 환경운동에 헌신하고 있는 분들이 고마울 따름이다.

E.H 카
〈역사란
무엇인가〉

장희창의 고전 다시 읽기

E.H 카
'역사란
무엇인가'

과거도 미래도
'지금 여기'서 만드는 것

역사는 엎치락뒤치락, 때로는 희망이고 때로는 절망이다. 역사에 진보란 있는 것인가? 있다고 하더라도 그 객관성은 어떻게 입증할 것인가? 대답하기 쉽지 않다. 명저 <역사란 무엇인가>의 저자 E.H 카는 역사를 이렇게 정의한다. "역사란 역사가와 그의 사실들의 끊임없는 상호작용 과정이며, 현재와 과거 사이의 끊임없는 대화이다." 역사가 크로체도 같은 맥락에서 '모든 역사는 현대사'라고 말한다.

랑케를 비롯한 실증주의 역사학은 사실의 축적에 주력하면서, 사실 자체가 말하게 한다는 중립적이고 방관적인 관점이었다. 그러나 사실들은 선택과 배제, 즉 역사가의 해석을 통해서만 역사적 사실로 재구성된다. 해석에 의해, 가치가 사실에 개입함으로써 가치는 사실의 필수적인 부분이 된다. 과거는 현재에 비추어지고, 현재도 과거에 비추어질 때 이해가 더욱 깊어진다는 역사의 이중적이고 상호적인 작용은 <논어>가 말하는 온고지신(溫故知新)의 원리이기도 하다.

선택과 배제의 주체인 역사가가 자기 시대의 영향에서 벗어나기 힘든 것은 당연하다. '로마사'의 저자 테오도어 몸젠은 1848년과 1849년 사이의 독일 혁명 과정에서 주로 대학교수와 법률가들로 구성된 영방(領邦) 대표들의 우유부단함에 환멸을 느껴 역사의 결정적인 순간에 단호하게 대처했던 카이사르를 이상화하고, 우유부단했던 키케로는 비판했다. 이처럼 역사가도 역사의 일부이며, 그 행렬 속에서 그가 서 있는 지점이 과거에 대한 그의 시각을 결정한다.

역사가의 선택은 새로운 목표들이 출현함에 따라 변화하고, 해석의 시야는 그때마다 새롭게 넓어진다. 예컨대 정치적 권리의 제도화가 중심 목표일 때 역사가는 정치적 측면에서 과거를 해석했다. 그러나 경제적, 사회적 목적이 정치적 목적을 대체하기 시작했을 때 역사가는 과거에 대한 경제적 사회적 해석에 착수했다. 마르크스 경제학의 출현으로 역사를 보는 시각의 폭이 더욱 광대해졌다는 것은 상식이다.

그렇다면 역사에 법칙이란 있는 것인가. 아니면 역사는 우연의 연속일 뿐인가. 예컨대 담배를 사러 가던 사람이 길을 건너다 술에 취한 운전자가 모는, 브레이크 고장 난 차에 치여 죽었을 경우를 보자. 운전자가 술에 취했다, 브레이크가 고장 났다는 것은 합리적 원인이다. 그러나 담배를 사러 갔다는 것은 우연적 원인일 뿐이다. 합리적 원인은 목적과 가치 판단을 전제로 한다. 우연적 원인은 일반화가 불가능하므로 거기서는 교훈도 결론도 얻을 수 없다.

이처럼 인과관계 연구의 배후에는 늘 가치의 추구가 있다. 카에 의하면, 역사적 사유란 항상 목적론적이다. 예컨대 평등의 진전은 부정할 수 없는 보편적이고 영원한 현상이다. 미래에 대한 비전이 없으면 과거도 시야에서 사라진다. 역사의 객관성이란 과거와 미래 사이의 일관된 연관성의 확립을 의미한다. 역사는 우연의 산물도 아니고 이미 결정된 그 어떤 것도 아니다. 진보는 먼 곳에 있는 그 어떤 것이다. 그곳으로 가는 이정표들은 우리가 전진해야만 시야에 들어온다.

성숙된 민주주의 사회라는 미래에 대한 믿음이 위기에 처해 있으므로, 5월의 광주도 상해 임시정부의 존재 가치도 흔들리는 것이다. 역사의 소리 없는 함성은 5월의 광주라는 과거로부터, 민주주의의 완성이라는 미래로부터 동시에 들려온다. 카의 관점에 따르자면 광주항쟁은 의미심장한 실패였으며, 또한 지체된 성공이었다. 진보에 대한 뜨거운 믿음. 영화 <변호인>에서 보듯이 독재정권 시절, 다수의 저항적 지식인들이 이 책에 의지했던 것이 책의 성격을 말해준다.

최근, '님을 위한 행진곡' 제창을 둘러싼 논란에 대해 민예총이 발표한 성명문에서 '민중의 노래에는 생명이 있고, 정확한 지향이 있어 세상을 개선하고 종내에는 혁명하게 된다'고 한 것도 카의 역사관과 맥락을 같이한다. 요컨대 역사는 실천 속에서의 가능성으로 주어져 있다. 루쉰의 말대로 역사에 대한 믿음, 즉 희망이란 길과 같은 것이다. 길이란 있다고도 할 수 있고 없다고도 할 수 있다. 많은 사람이 다니면 그게 곧 길이 되는 것이다.

장희창의

고 전
다 시
읽 기

<리어왕>	King Lear, Act I, Scene I (1898作) - Edwin Austin Abbey
	출처 - Wikipedia - Metropolitan Museum of Art
<돈키호테>	스페인 마드리드의 돈키호테 동상
	출처 - Pixabay
<파우스트>	Goethe's Faust (1918作) - Richard Roland Hoist
	출처 - Wikipedia
<어린 왕자>	John Towner, USA
	출처 - unsplash.com
<고리오 영감>	Title page of Honoré de Balzac's Old Goriot (1834作)
	출처 - Wikipedia
<나의 라임 오렌지나무>	Everton Vila, Brazil
	출처 - unsplash.com
<참을수 없는 존재의 가벼움>	Demonstrators around flowers in Prague during the Velvet Revolution for Freedom (1989作)
	출처 - Wikipedia
<허클베리 핀의 모험>	EW Kemble from the original 1884 edition of the book - EW Kemble
	출처 - Wikipedia
<노인과 바다>	American Author Ernest Hemingway with sons Patrick (left) and Gregory (right) with kittens in Finca Vigia, Cuba (1942作)
	출처 - Wikipedia - John F. Kennedy Presidential Library
<오래된 미래>	Omendra Singh, India
	출처 - unsplash.com

2장

<군주론>	Portrait of Niccolò Machiavelli (16C) - Santi di tito
	출처 - Wikipedia
<걸리버 여행기>	The Servants Drive a Herd of Yahoos into the Field (19C~20C) - Louis John Rhead
	출처 - Wikepedia - Metropolitan Museum of Art
<양철북>	Günter Grass (2016作)
	- River sea
<동물농장>	동물농장
	출처 - unsplash.com
<변신>	체코 프라하의 카프카 동상
	출처 - Pixabay
<감시와 처벌>	Matthew Henry, canada
	출처 - unsplash.com
<월든>	Title page from first edition of Henry David Thoreau's Walden (1854作)
	출처 - Wikipedia
<유토피아>	Marie Antoinette's execution in 1793 at the Place de la Révolution
	출처 - Wikipedia
<사상의 자유의 역사>	Eugenio Mazzone
	출처 - unsplash.com
<만물은 서로 돕는다>	Statue Of Pyotr Kropotkin Dmitrov in Russia
	출처 - Publicdomainpicture.net
<이솝 우화>	Arkady Lifshits, Russia
	출처 - unsplash.com
<약자들의 힘>	Grabmal Anna Seghers auf dem Dorotheenstädtischen Friedhof in Berlin - Rüdiger Wölk, Münster.
	출처 - Wikipedia

3장

<아Q정전>	Kevin Finneran
	출처 - unsplash.com
<백범일지>	백범 김구
	출처 - unsplash.com
<돌베개>	광복군 시절의 장준하
	출처 - Wikipedia
<나락 한 알 속의 우주>	무위당 장일순
	출처 - (사)무위당사람들
<밤의 일제 침략사>	위안부 소녀상 (2016作)
	- 진승일, 페이스북 비주류 사진관
<광장>	Seagull
	출처 - Pixabay
<채식주의자>	도축
	출처 - Pixabay
<한국탈핵>	우크라이나 체르노빌 사고현장과 기념물
	출처 - unsplash.com
<역사란 무엇인가>	님을 위한 행진곡 악보
	출처 - 5.18 민주화운동기록관

장희창의

고 전
다 시
읽 기

장희창의 고전 다시 읽기

ⓒ 2016, 장희창

초판 1쇄 발행 2016년 12월 15일

초판 3쇄 발행 2018년 11월 20일

지은이 장희창 **펴낸곳** 호밀밭 **펴낸이** 장현정

디자인 리버씨 **등록** 2008년 11월 12일(제338-2008-6호)

주소 부산 수영구 광안해변로 294번길 24 지하 1층 생각하는 바다 **전화** 070-7701-4675

팩스 0505-510-4675 **전자우편** homilbooks@naver.com **홈페이지** www.homilbooks.com

트위터 @homilboy **페이스북** @homilbooks **블로그** http://blog.naver.com/homilbooks

Published in Korea by Homilbat Publishing Co, Busan.

Registration No. 338-2008-6. First press export edition December, 2016.

ISBN 978-89-98937-37-9 03810

이 도서의 국립중앙도서관 출판예정도서목록(CIP)은
서지정보유통지원시스템 홈페이지(http://seoji.nl.go.kr)와
국가자료공동목록시스템(http://www.nl.go.kr/kolisnet)에서 이용하실 수 있습니다.
(CIP제어번호: CIP2016027707)